THE MAN WHO INVENTED CHRISTMAS

[美] 莱斯·斯坦迪福德 著　张传根 译

发明圣诞节的人

一个关于狄更斯和《圣诞颂歌》的真实故事

上海译文出版社

费昔威先生家的舞会

（约翰·利奇制作的版画，1843 年）

目 录

降临人间

在 1824 年的伦敦，对负债人的处罚和对待小偷一样。这个案子的当事人是位父亲，有七个孩子，虽然有份能赚钱的工作，但根本不够花。他欠坎登街面包店老板卡尔 40 镑。在那个年代，这可不是一笔小数目，当时一个生蚝卖 1 便士，一整条三文鱼只卖 1 镑 6 便士，账房里的职员要是遇上个小气的老板，全年的工资还没这么多。

这个案子的账务统计完毕后，上报给了行政长官，马上派下来了一拨人。我们故事里的父亲——37 岁的约翰被长官派来的人关进了一个名曰"负债人拘留所"的地方。这个地方就像人间炼狱，给无力偿还债务的人几天宽限，看是否有转机，比如债主撤销指控，有头有脸的人出面调解，或是亲戚朋友解囊相助。

这个案子没人帮忙。两天后仍无转机，我们的约翰成了名副其实的老赖，被转进马夏尔西监狱，和走私犯、叛变者和海盗关押在一起。"我这辈子算是完了。"他被带走的时候对家人哀叹道。

有个人想帮约翰，他是约翰的儿子，当年 12 岁，在泰晤士河畔破旧的厂房里干活，每周挣 6 先令。很多年后，这个男孩会这样提及这个厂房："房间由护壁板拼装而成，地板和楼梯破败不堪，地窖里硕鼠横行，尖叫声和打架声不绝于耳，遍地是灰尘和腐烂的东西，这些景象仿佛就在跟前，恍如隔日。"

小男孩的工作是把黑鞋油装进罐子，用纸包好，再贴上标签。他每天工作十小时，为了光线好，他伫在窗边做活，这样过往的路人也才能看见他。他只有午饭和下午茶的间隙能休息片刻。尽管环境恶劣，工作乏味，童年会被如此耗尽，但他一直做着这份工，因为父亲在蹲牢房，因为有 40 镑的债务，因为要养家糊口！

"这些想法产生的悲痛和羞辱感流淌在我的血液里，"这个男孩有一天会如此写道，"时至今日……我还常会在梦中忘了自我：忘了已为人夫、为人父，忘了自己是个成年人；仍悲悲戚戚地重温那段岁月。"

这番话既道出了童年创伤对一个人的影响，又能从中窥见希望——小约翰终会转运，他不会一辈子从事这份可怜的工作，他的父亲也不会一直被关在马夏尔西监狱。但还要苦等漫长的三个月才会出现转机。在这之前，小男孩前往弹丸大小的牢房里探监，身后是监狱高大的铁丝墙。小男孩回忆起他们在那儿"哭得很伤心"。

就在那里，父亲告诉他："要以马夏尔西为戒，谨记：如果你一年赚 20 镑，那么花掉 19 镑 19 先令 6 便士，你会很幸福；但再多花 1 先令，你就会身陷囹圄。[1]"告诫完儿子后，老父亲长吁短叹，再聊一会儿就到了夜里十点，这时警铃响起，12 岁的小男孩离开监狱，走在伦敦雾蒙蒙的深夜街头，步行五英里回家。迷糊糊地躺上几小时后，耳朵里又响起老鼠的尖叫声和小跑声，新的一天装鞋油工作又开始了。

❊❖

这个男孩名叫查尔斯，姓当然是狄更斯了。评论这位大作家的生平时，多数人会发现，狄更斯少年时代的悲惨遭遇是他性格形成的关键，这些经历在他有生之年从未出版的传记里，有只言片语的记录。有人说所有的创作皆源自缺憾，若果真如此，那么狄更斯童年的不幸

1　1 镑等于 20 先令，1 先令等于 12 便士，因此再多花 1 先令就"破产"了。——本书的注脚，除有特别说明，均为译者注。

倒成了世人的一笔巨大财富。

狄更斯是公认的英语世界赫赫有名的大作家，他于1870年去世，一生出版了二十部小说，部部经久不衰。他亲身经历过艰苦的工作环境，非常同情穷人，这在他的大多作品中都有所体现。很多学者一辈子都在研究这位作家的生活经历与其作品之间的关联。毫不夸张地说，研究狄更斯和他的大部头小说《雾都孤儿》《大卫·科波菲尔》《荒凉山庄》《远大前程》等的学术著作、论文、专著和文章，可谓不计其数。

但有一部狄更斯的作品却很少有人研究，尽管它名声很响，读者众多。《圣诞颂歌》的很多内容与狄更斯的生活经历有关，可谓他的巅峰之作，文字精雕细琢，被誉为一部"完美"作品。但是，评论家对它的关注却少之又少。

原因种种，也许因为小说篇幅太短，不足三万字；也许因为它太受欢迎，据说20世纪初，《圣诞颂歌》的读者数量仅次于《圣经》；也许因为作品太好，研究起来难度太大或已无评论的必要。与狄更斯同时代的威廉·梅克比斯·萨克雷，这位伦敦最尖锐的评论家如此评价《圣诞颂歌》："谁能容忍对这本书有微词呢？依我看，这本书既是国家之福，也是读者之幸。"

不过，最令人匪夷所思的是这部名篇创作背后的故事在狄更斯职业生涯中的重要地位以及它对文化史的影响。狄更斯坐下写这本"小书"的时候，他已是明日黄花，对他的文学评论也是一团糟，银行账户还在透支。

面临破产，他一度想停笔。但是，他还是振作了起来，在短短的六周内写出了一部小说，不仅帮他重塑公众形象，而且把一个二流节日变成了基督教日历中最重要的节日。

写到这儿，套用一句讲故事人的行话：我有点剧透了。

第一章

人生低谷

1

　　1843 年 10 月 5 日晚上，查尔斯·狄更斯坐在薄雾轻笼的曼彻斯特舞台上，不会料到此夜发生的一个变化将永远改变他的人生和西方文化。此刻，他正在候场，同为作家的初级议员本杰明·迪斯雷利的演讲结束了，观众热情高涨。

　　狄更斯、迪斯雷利和政治激进分子理查德·科布登是这个特别活动的演讲嘉宾。该活动为曼彻斯特雅典娜俱乐部募集资金，这家俱乐部是这座工业中心城市艺术和思想启蒙的地标。英国议会大厦建筑师查尔斯·贝格设计建造了雅典娜俱乐部总部，总部及其肩负的文化使命受到许多人的大力推崇，其中既有对文化如饥似渴的工人，也有市领导中的进步人士。但是，国家经济持续衰退，工业革命跌宕起伏，雅典娜俱乐部深陷债务危机，前途未卜。

　　科布登身为曼彻斯特的高级市政官和议员，希望能力挽狂澜，他和心系俱乐部的市民一起在隔壁的自由贸易厅筹划了一场义卖和"大规模社交聚会"。科布登颇受欢迎，极力反对通过税负沉重的《谷物法》，该法案对进口谷物征收重税，鼓了英国地主的腰包，却使市民买不起面包。科布登每次都能不辱使命，打动观众。除了他，组织方还邀请了畅销书作家迪斯雷利和狄更斯，希望能促成大卖，获取捐助，彻底拯救雅典娜俱乐部。

　　迪斯雷利的父母是犹太人，当时仅凭一颗忧国忧民之心，在政治舞台上初露头角。他放弃法律专业，写了一连串的爱情小说。后来，迪斯雷利在政府当差近四十年，两度出任英国首相，为国家立下两大伟绩——吞并塞浦路斯和修建苏伊士运河。

但是，那晚的主角是狄更斯，或许他是全世界第一个真正意义上的大众文化名人。凭借小说《博兹札记》《匹克威克外传》《雾都孤儿》《尼古拉斯·尼克贝》《老古玩店》，他成为国内外最著名的畅销书作家。他以浓重的笔触描述了穷人的苦难、富人的自以为是和故作姿态，这一主题及其令人欲罢不能的故事叙述能力备受称赞。尽管成绩斐然，但坐在曼彻斯特舞台上的狄更斯却一筹莫展。他摆脱了童年的贫困，坐拥连做梦都没想过的功名，但那天晚上困扰他的却是好运为何毫无征兆地很快消失了。

其实，狄更斯从一个伦敦黑鞋油作坊的穷小子到出现在曼彻斯特之前的经历像是一部传奇剧。

12岁那年因父亲欠债入狱，他第一次被迫辍学，父亲是海军军需处的职员，一直过着资不抵债的日子。父亲被关后不久，剩下的家人——妈妈伊丽莎白和三个年幼的弟妹都随父亲住进了马夏尔西监狱。父亲出狱后，他虽能短暂地重拾学业，但家中经济状况再度陷入危机，年轻的查尔斯15岁时又被迫辍学，做了律师事务所的学徒。他发现这个工作和装鞋油比起来可谓半斤八两，他很快开始厌恶法律制度的虚伪，因为其错综复杂、自私自利。尽管他讨厌法律工作，却从中总结出了一个受用一辈子的结论："法律"和"正义"是两码事。

1829年，狄更斯17岁，从事法院速记员一职，五年后他22岁，开始为一家英国报纸《记事晨报》供稿。因为工作需要，他被派往全国报道各种竞选活动。这期间，狄更斯发现写法律和政治阴谋中的荒诞、悲情题材很有趣，自己也颇具天赋。他敏锐的洞察力和幽默风趣使其许多文章在杂志上发表，这不仅增加了收入，还满足了他的虚荣心。

他的第一部作品是篇随笔，题为《白杨路上的晚餐》，刊登在1833年12月的《每月杂志》上。狄更斯买了一份杂志，回忆起当时的情景："这是第一本刊登了我心血的杂志，我的思想情感变成了无比荣耀的印刷体。有天晚上我悄悄地把它投了出去，我心惊胆战地跑进舰队街上一个大院子里的一间黑乎乎的办公室，把它投进一个黑乎乎的信箱。顺便提一句亲手捧着杂志时的心情——我记得可清楚啦，我拐进威斯敏斯特大厅，在里面待了半个钟头，眼里全是喜悦和自豪，激动得双眼模糊，无法走在街上，也不便见人。"

狄更斯早期的"业余"投稿虽多是形式简单的短篇小说，但他凭借在《记事晨报》上发表的小品文一炮而红，尤其是他创作的"街道随笔"系列。随笔用栩栩如生、浓墨重彩的笔调向读者描绘了伦敦普通人的生活。狄更斯的《旧货商店和船舶用品商店》《旧堡场》《衣衫褴褛的礼貌人》等文章，吸引了大批狄更斯那个年代的读者，其戏剧性的写作手法也开了今天所谓的新报刊之先河。文论家迈克尔·斯莱特评论道："在这些随笔中，狄更斯已经开始进行有效的实验，它将荒诞的滑稽与强烈的悲悯融为一体，吸引并留住了后来成千上万的忠实读者。"

《记事晨报》大获成功后，出版商乔治·霍加斯邀请狄更斯多写些此类文章来创办新报《记事晚报》。不久，狄更斯就为新报和其他刊物定期撰稿，署名"博兹"，引起了伦敦文学圈内不小的轰动。1835年10月，出版商约翰·马克隆提供狄更斯100镑，购买了《博兹札记》作品集的版权，这对于一周收入只有7镑的年轻记者来说可是一笔巨款。

当时的作家喜欢在公开发表的作品上署笔名，这引起了"知情人士"的不少八卦，纷纷猜测费兹·布多、蒂彻马什、马夫先生[1]这些

---

1 费兹·布多、蒂彻马什和马夫先生都是萨克雷使用过的笔名。

经常读到的人物究竟是谁。狄更斯还喜欢在朋友间分享他收到的一张秘密字条，上面以十拿九稳的口吻写着笔名为"博兹"的作家不是别人，正是利·亨特[1]。

《博兹札记》的广告刊登后，"博兹"的真实身份才被揭晓：博兹是狄更斯弟弟幼时的小名，此后多年，狄更斯一直使用这个亲切、流行的笔名。朋友常称他博兹，狄更斯用第三人称自称时，也常叫自己博兹。（在他后来访美期间，美国人民办了个"博兹舞会"，盛情款待他，直至1843年，他在小说《马丁·瞿述伟》的扉页上还署名"校订人博兹"，不过他已将作者名署为查尔斯·狄更斯。）

《博兹札记》于1836年2月出版，大获成功。狄更斯突然发现自己成了底层人民的忠实代言人，坚决与不劳而获的特权和荒唐的欺诈行为为敌。有份报纸赞扬他为"关注社会的鲍斯威尔[2]"，另一份报纸称他的随笔是"一幅完美的画卷，勾勒了英国社会中绝大多数的道德规范、仪态举止和风俗习惯"。约翰·福斯特在《观察者》中写道，狄更斯尤其擅长描写荒诞和悲悯，行文风格得体而尖锐。福斯特后来成了狄更斯的挚友、顾问兼编辑，创作了狄更斯的第一部传记。

《博兹札记》的成功引起了出版商查普曼和霍尔的关注，他们主动找上门来，与狄更斯商讨他们酝酿已久的一个项目。插画家罗伯特·西摩找过这两位出版商，提出做一套体育生活连载小说的想法，他负责木版画，再请人配上活泼的文字。因为狄更斯在《博兹札记》中的出色表现，出版商认为他是为这个项目锦上添花的不二人选，答应提供14镑的月薪让他把项目运转起来。

起初，狄更斯对这个想法不感兴趣，他拒绝道："虽然我出生在

1　利·亨特（1784—1859），英国新闻记者、散文作家、诗人兼政论家。
2　詹姆斯·鲍斯威尔（1740—1795），英国家喻户晓的文学大师、传记作家，代表作是《约翰逊传》。

外地，在乡下还待过一段时间，但除了喜爱旅行，我算不上是狩猎、钓鱼的能手；这个主题缺乏新意，陈腔旧调，有太多人写过；再者，历险记应该是先有文字再配插画，比倒过来做效果好很多；我要按自己的喜好创作，自由地描写英国的社会场景和人物。不管怎么样，我只会这么做！"

出自对博兹的钦佩，查普曼和霍尔同意了狄更斯的做法：他先写，罗伯特·西摩再画。一旦这个确定下来，狄更斯马上开工了。正如狄更斯后来写到的，"我的观点被采纳了，我联想到了匹克威克先生，这样就有了第一期"。

西摩一开始想的是出一个连载漫画，靠画伦敦东区打猎人的经历来赚钱，这个想法在狄更斯笔下变得更加丰满。他和西摩只见过一面，1836 年 4 月 17 日，他们"喝了一杯格罗格酒"（狄更斯的原话），然后讨论第二期插画里的几处必要的改动，小说在第二期已更名为《匹克威克外传》，作者是博兹。当时在插画界小有名气的西摩，一定知道"风向已变"，但仍旧表现得非常友好。狄更斯让他改的地方他都照做了……

……后来，4 月 20 日，西摩匆匆给妻子留了个便条后自杀了，便条的抬头是致世上至好、至亲的妻子。

西摩在信中只字未提事业的落败，对于自己从一个项目的发起人沦落为打下手的遭遇，他没有表达任何不满。这或许是历史上最具讽刺意味的一起案例——一位艺术家的离世标志着另一位艺术家的迅速崛起。

西摩去世后，狄更斯被迫找了另一个画家哈布罗特·布朗，请他为《匹克威克外传》作画。狄更斯现在有了家室（他和凯瑟琳·霍格斯于 4 月 2 日结婚），他向查普曼和霍尔建议，每月薪酬增至 20 镑，附加条件是自己会把《匹克威克外传》每期的内容从 26 页扩充到 32 页。

查普曼和霍尔要把这个项目继续下去需要极大的勇气，因为第一期的销量不足 500 册，第二、三期略有上涨。到了第四期，故事的内容全是狄更斯说了算。从那期开始，他把匹克威克变成了善良、滑稽的主角，一改之前的傻瓜形象。匹克威克有一个忠实的仆人叫萨姆·韦勒，经常给他出主意。萨姆对认真却又笨手笨脚的主人说的那些啼笑皆非的台词，即使在今天读起来仍不失为黑色幽默的范本："他现在看上去结实、舒服得多，父亲如是说道。为治好儿子的斜视，他把儿子的头砍了下来。"

杂志早期的轻松滑稽被这种尖刻的黑色幽默取代后，《匹克威克外传》在大众心目中声名鹊起。第四期的销量上升至 4 000 册，第十一期销量攀升至 1.4 万册。这一系列的最后一期时至 1837 年 11 月，当时有 4 万多名读者排队购买。狄更斯作为文学巨匠的时代正式开始了。

所有的销量要归功于狄更斯在出版业的受欢迎程度及其影响力，他被公认为是凭借一己之力改变了出版业的人。他的影响涉及出版的方方面面，影响之深犹如蒸汽机或鼓风机之于制造业。自从让人眼前一亮的新的小说形式登上历史舞台，出版业在过去的一个世纪经历了翻天覆地的变化。现代批评家就哪部作品标志着这一文学类型的诞生尚存分歧，但是大家公认这一文学类型在以下三部作品之前尚未出现，它们分别是笛福的《鲁滨逊漂流记》（1719）、菲尔丁的《汤姆·琼斯》（1729）和理查逊的《克拉丽莎》（1740）。这种小说形式是把虚构的人物艺术地再现于引人入胜的叙事之中，故事里的世界几乎和现实世界一样逼真，这样构思主要是为了娱乐大众，而没有教化目的。这一做法受到英国读者的追捧。

与之前的主要出版物，如《圣经》、学校教材、赞美诗、使用手册等不同，小说的寿命短，读完就被扔了。因此，市场上出现了对新作品的持续需求，不仅需要有文学特质的作品，还需要一系列的冒险故事、恐怖故事和爱情故事等各类作品。以上层社会为背景的"银叉"小说，属于这种文学类型的分支，在狄更斯成名前的几十年里非常流行。迪斯雷利的《维维安·格雷》（1827）就是这一文学类型中颇为著名的一部。据估算，在1815年和1850年之间共出版了3 500部小说，以满足市场需求。

这些小说的印数虽然大多不高，仅有一两千册，但也有几部销量可观。沃尔特·司各特爵士的第一部小说《威弗利》写于1814年，之后直到他1832年去世，几乎每年有一部新作问世。他是第一位以创作的成功表明写小说可以成为一项事业的作家。他的《艾凡赫》首印1万册，在1819年出版后的几周内全部售罄，销售册数史无前例。到了狄更斯的年代，没有一本书能卖那么好，但这并没有打消出版商出版畅销书的渴望。

起初，出版商直接通过邮寄订单把书卖给读者。出版商在报刊上登广告，通过邮局和报童把这些信息传到伦敦以及全国各地的读者手上，读者再征订感兴趣的书。很快，报刊开始汇集各自的新书和推荐书目，到18世纪中叶报刊上会定期刊登文学评论，引导读者购书。

18世纪的出版社大多是家庭作坊，为了处理未销售的库存，防止家里和小办公室堆满书，很多公司直接把书店开在办公室，随进随买。其他的公司，如查普曼和霍尔公司建于1830年，靠卖书起家，后来也想做书。纵向架构的融合出版企业框架一直延续到19世纪中叶，它们集编辑、印刷、市场营销和销售于一体。当然，还有一些独立经营的书店，它们也售卖文具、杂志、报纸和小件物品。

19世纪早期，出版业经历了巨大变革。工业革命不仅推动了制造业的专业分工，也促进了一般商业活动的专业化运作。要成功设计、生产、批发和零售任何商品，每个流程的目的和方法都截然不同，图书的编辑、印刷、供货和零售流程也不例外，各有特点。因此，那些纵向架构的出版企业根据自己的专长和兴趣开始分化。

比如到了19世纪初，朗文家族就开始脱离零售业而专做出版；到19世纪20年代，朗文公司的出版业进一步压缩，专门从事教育出版，延续至今。19世纪40年代，威廉姆·亨利·史密斯奠定了现代连锁零售业的基石，他在全国的铁路站点建立了第一批书亭，他的公司就是当时和今天都赫赫有名的 W. H. 史密斯公司。史密斯是伦敦西区文具商的儿子，他父亲早期从事批发业务。

伦敦作为图书零售中心的地位也发生了偏移。虽然印刷和出版业还留在中心城，但是零售已经跟着中上层阶级一起迁移到了伦敦西区的科文特花园、圣詹姆斯和切尔西地区。到了狄更斯时代，出现了一大批迎合上层阶级需要的书店，多达二十几家甚至更多，其中包括1782年约翰·哈彻特开的皮卡迪利书店。这家书店至今还在营业，是当时伦敦最大的零售书店。

大约在同一时间，伦敦诞生了另一种图书销售模式。书商詹姆斯·拉金顿声称，为了保护图书购买人的利益，他想出了一个聪明绝顶的点子：薄利多销比厚利少销盈利多。很快，他从出版商那儿收购大量没有销售的库存，打上很低的折扣，看着它们在书店里被哄抢一空，他给书店取了个名字，叫"缪斯神殿"，从此"剩书"销售模式开启了。拉金顿于1815年去世，此前他招来很多书商同行的诋毁，但是出版商私底下对他赞赏有加，因为万一他们看走了眼，把赌注下在一本卖不掉的书上，这种模式倒是提供了一个可能挽回损失的机会。

当时书商之间有个不成文的规定，按封面上的定价销售，不打折，这是图书零售业的主要保障。狄更斯对此不以为然，他是自由市场的领头羊，反对任何固定价格的做法。当然，他信奉价格战中的自由主义并非毫无缘由，因为他早期大部分的稿酬和图书销售不挂钩，都是合同规定的固定稿酬。

他的大多作品都是按每周一期或每月一期、共二十期的形式创作和发表，以杂志的形式或给已有一定地位的杂志供稿的形式出售，每期卖1先令。比方说，《匹克威克外传》每期薪酬是14镑，《尼古拉斯·尼克贝》每期薪酬上涨至150镑，《马丁·瞿述伟》的薪资高达200镑一期，另外还有笔报酬是奖金，和发行量和各种重印数有关。一本作品完成后，出版商的典型做法是把它装订成三卷本，就是所谓的"三层书"，定价为31先令12便士，这对读者而言价格不菲，之前他们只需每期花1先令就能满足阅读乐趣。

其实，"三层书"的主要市场来源于国家大规模的付费借阅图书馆系统，这一市场的兴起归功于狄更斯的走红。规模大的图书馆订购狄更斯后期创作的一部三卷本作品的数量可能多达2 500套。图书馆都青睐于三卷本，因为和一卷本相比，他们能收三次钱。狄更斯越来越炙手可热，对出版行情了然于胸。因此，他自然要求合同条款能让他从这些额外的重印书中获取更大回报。

❖

谁也不曾料到《匹克威克外传》走红后出现的各式各样的商品。图书畅销之后出现了一些名副其实的手工业作坊，有做小说人物的瓷人雕塑的，有卖匹克威克歌集的，还有做帽子、笑话书和雪茄的。竟有人未经授权将他的小说改编成了戏剧（剧名为《是山姆·韦勒还是匹克威克》），在河岸剧院上演，这种盗窃行为令狄更斯大为光火，这是狄更斯第一次因为别人靠他的名声牟利发火。

1837 年 9 月，在这部戏上演几周后，狄更斯写信给福斯特，他写道："如果《匹克威克外传》能往这个可怜鬼（剧作家威廉姆·乔治·汤姆斯·蒙克利夫）的破烂口袋里施舍几个先令，使他不致落入贫民习艺所[1]或监狱，那就让他把屎尿壶倒出来，随他改！我倒十分愿意这成为拯救他的手段。"

狄更斯自称不屑一顾，这可能是因为许多工作占用了他太多精力。在连载《匹克威克外传》的同时，他又于 1836 年 11 月接受出版商理查德·本特利的邀请，担任另一本新杂志《本特利杂记》的主编。他和本特利签订了报酬丰厚的合约，这使他能从《记事晨报》费神的工作中解脱出来，他立马向《记事晨报》递交了辞呈。

狄更斯一边做新的主编工作，一边撰写《匹克威克外传》，同时还答应写第二部《博兹札记》。如果这么多工作还不算多的话，他在 1836 年 5 月还和《博兹札记》的出版商约翰·麦克隆签了份合同，答应写三卷本的小说《伦敦的锁匠加勃里埃尔·瓦登》，计划于 11 月 30 日交稿。（当时他还担任了圣詹姆斯剧场的幽默歌剧《乡村风情女》的制作工作，他负责填词。）

除了这些工作，狄更斯还和本特利于 1836 年 8 月签了一份合约，同意再出版两本三卷本小说。因为本特利一本小说给他出 500 镑而麦克隆只出 200 镑，狄更斯就和麦克隆解除了合约，这减轻了他一定的负担。本特利愿意出这么高的价也是因为匹克威克让狄更斯名声大

---

1 由两个以上的教区联合设立，是办理救济贫民事务的机构。习艺所里的工作和生活都有意搞得非常艰苦，所以贫民宁愿干别的任何工作也不愿进习艺所。狄更斯在他的《雾都孤儿》中有详细的描写。

噪。他为第一期的《本特利杂记》写了一篇没有续集的独立故事，发表于 1837 年新年的第一天，五天之后他的第一个孩子查尔斯出生了。之后不久，狄更斯对本特利说他要实现自己的允诺，在杂志上连载一个小主人公奥利弗·退斯特的冒险故事。

本特利觉得这样做没有问题，但当他发现狄更斯交的稿子达不到他承诺的 16 页的时候，开始相应地扣他的工资。狄更斯本就因为小姨子玛丽·霍格斯于 1837 年 5 月的突然离世悲痛不已（一些评论家猜测狄更斯和小姨子的感情比和自己妻子还深），妹妹去世后，妻子凯瑟琳又难产了，没能生下他的第二个孩子。在这节骨眼上，当狄更斯发现本特利在他背后做手脚时，立马予以回击，坚持让本特利把《雾都孤儿》视作他承诺交稿的其中一部小说。

本特利拒绝了狄更斯，认为他这样做本质上是一书二卖，但是狄更斯回应说，他现在和当时签合约时相比，早已身价大增。后来狄更斯威胁辞职不做《本特利杂记》主编，才迫使本特利让步。这样，狄更斯在 11 月把《匹克威克外传》收尾后，心满意足把精力投到《雾都孤儿》的创作上。

关于这个项目的原创是谁有些争议（这本书的插图画家乔治·克鲁克香克后来声称是他找狄更斯，出主意写一个穷困的孩子落入贼窝的不幸遭遇），但是狄更斯依然埋头于这本书的创作，直到 1839 年 4 月才写完最后一期连载。这是狄更斯的第二部小说，小说中奥利弗手里端着粥碗，可怜巴巴地问济贫院老板"再要点吃的"的场景令人难以忘怀。毋庸置疑，这部小说成了狄更斯的又一部名作，描写了奥利弗从济贫院逃出后又落入强盗头子费金之手的故事。

现代最权威的狄更斯传记作家彼得·阿克罗伊德评论道，这是第一部以孩子为主角的小说，无论这个创意是萌发于作者回忆悲惨童年的潜意识，还是对一个插图画家建议的回应，都丝毫不会削弱这部小说的影响力。据说这是维多利亚时代的第一部小说（如果从女王1837年6月登基算起），狄更斯在小说中用一个无辜却受到伤害的奥利弗的声音表达了对社会的强烈谴责，作者毕生都在用不同的形式表达这一谴责和不满。

戏剧性地揭露社会不公的创作手法是狄更斯作品中自然流露出的倾向，是他大多旷世之作的灵魂。作家当中也许有人写作风格比狄更斯更别致，思想比他更缜密，但是随着职业生涯的推进，狄更斯在这两方面都有进步。不可否认，他早期作品的情节有时矫揉造作，有些人物设定比较单一，还存有把小说写成传奇剧的不好倾向。尽管如此，狄更斯对社会之恶极度敏感，他善于将自然的善恶交织于矛盾冲突之中，使读者难以抗拒。这些构成了他小说无可争议的优点，在他早期作品中可见一斑。这些特点在《雾都孤儿》中更是得到了淋漓尽致的发挥。

显然，狄更斯取材于自身经历：他12岁时就在沃伦黑鞋油作坊打童工，一个人住在寄宿房间里，而其余家人都住在马夏尔西欠债人监狱。他描写的小偷头目费金骗子，与他记忆中遍地耗子的作坊有明显的关联，就连恶棍的名字都取自狄更斯在沃伦作坊打工的同伴鲍勃·费金。

对于童年的贫困潦倒，狄更斯深感羞耻，他只字不提家中的不幸和在沃伦作坊打工的经历，只向妻子和福斯特透露过。直到狄更斯去世，福斯特才在他写的《狄更斯的一生》中披露了这些内容。虽然在后来的作品《大卫·科波菲尔》和《小杜丽》中，狄更斯更直接地取材于这些经历，但读者是通过《雾都孤儿》第一次感受到那些对狄更斯成年生活和艺术创作影响最为深远的力量，这是许多评论家公认的。

从创造者的生平来剖析一件艺术品有其局限性。这种方法运用不当会沦为肤浅的心理分析，用得恰当也会导致人们将注意力转移到创造者的生平而无法从艺术品本身获取力量和快乐。试想如果评论家只争论蒙娜丽莎微笑的原因，那么蒙娜丽莎微笑的美就会被这种讨论所削弱。但当我们捧起《雾都孤儿》，读到奥利弗拿着碗多要一点粥的那种羞耻感时，我们无法不联想狄更斯亲口说过的一番话："我明白这些经历如何塑造了我，之后我从未忘却，今后我也不会忘却，也无法忘却。"这番话说的是他当年在沃伦作坊，在路人的众目睽睽之下装鞋油的经历。谢天谢地，读者可能这样回应——如果他忘记了，奥利弗·退斯特就绝不会诞生。

这部小说读者众多，每个人对于小说的社会意图都有自己的解读，从街上的俗人到英国最尊贵的人，概莫能外。维多利亚女王认为《雾都孤儿》"饶有趣味"，可她对狄更斯的生活经历竟然一无所知。梅尔本首相对小说颇有微词："写的尽是济贫院、棺材店、小偷的场景……我不喜欢这些东西；我希望能避开这些东西；我在现实生活中就不喜欢这些，也不喜欢有人把他们搬进小说。"萨克雷的评论更甚，他批评狄更斯美化犯罪，说他的小说以时下流行的耸人听闻的拙劣虚构为躯干。

狄更斯第二部小说广受欢迎的一个有力证据是，有六部根据图书改编的独立舞台剧于1838年上演。但不幸的是，大多舞台剧只拙劣地模仿狄更斯书中的语言。虽然作者本人有时也忍不住观看这些未经授权的演出，但是表演让人难以忍受。狄更斯后来承认说，在看其中一场演出时他不得不躺在包厢的地板上，从第一幕的中间部分一直躺到表演结束。

2

1838 年，狄更斯尚未完成《雾都孤儿》（最后一期于 1839 年 4 月完成），他又开始创作第三部小说《尼古拉斯·尼克贝》。这部小说共二十期，从 1838 年 3 月连载至 1839 年 9 月。故事讲述了一个身无分文的年轻人逃离惨无人道的约克郡寄宿学校，来到伦敦追求新生活的故事。这部小说甚至比《雾都孤儿》还受欢迎，第一期销量就高达 5 万册。

但真正让狄更斯成为文学圈里顶尖人物的是《老古玩店》。小说写的是没脑子的流浪汉耐尔·吐伦特的悲惨人生，小说以分周连载的形式出版，从 1840 年 4 月开始至 1841 年 2 月完成，每期销量超过 10 万册。

尽管小说写到一半，纯真、虔诚的耐尔就去世了，这导致评论家的观点大相径庭，一派认为狄更斯是对所有道德剧作了一个总结，另一派则认为这不过是不足挂齿的传奇剧的续篇，但读者对小说趋之若鹜，狄更斯自己也声称："我认为我会一直喜欢这样的情节，比我之前创作的情节或可能创作出来的情节都好。"

值得一提的是，《老古玩店》吸引了 10 万读者，这个数字让狄更斯拥有了全国史无前例的读者比例。尽管当时没有文盲率的正式记载，但是《爱丁堡评论》的创办人、著名法官弗朗西斯·杰弗利（杰弗利勋爵）在 1844 年的那期杂志上写道，英国的中产阶级中有 30 万读者（人口总数约为 200 万），上层阶级还有约 3 万的读者。若一些评论家指出的全国 50 万读者的人数不虚，那么狄更斯作品的读者人数则仍达到了全国识字人数的五分之一到四分之一之间。且把这个数字和当今的美国作一比较：美国工作人数约为 2 亿人，识字的成人是购书的潜在人群，若一本书的销量达到了 7.5 万册到 10 万册之间，即总人数的二十分之一，该作家便可高居《纽约时报》的畅销书榜单了。

另外，当时靠手手相传阅读小说的人数众多，还有很多听众定期聚在酒吧和咖啡馆里听人读小说。因此，狄更斯对身边世界的影响之大，可谓前无古人。如果说出版商一直盼着出现第二个沃尔特·司各特，那么狄更斯毫无争议地填补了这个空缺，其作品定期销量超过《艾凡赫》五至十倍。评论家指出，狄更斯的成功颠覆了图书行业的市场预期，使畅销书作家的报酬达到了"全新的、前所未有的高度"。

尽管狄更斯功成名就，但这并不代表他不会判断失误。狄更斯在尚未完成《老古玩店》的情况下又开始动笔写他的第五部小说《巴纳比·拉奇》，一部基于 1780 年戈登暴乱的历史小说，暴乱中几百名反天主教人士在伦敦街头遭到政府军射杀。狄更斯构思这个小说数年，始终没有进展。1838 年，他写信给福斯特发了一通写这部小说的牢骚，称它是"令人厌恶的噩梦"，因为他既写不出来又忘不掉。

结果证明，要是忘掉不写倒会减少他的烦恼。可他还是全身心投入到这部小说之中，于 1841 年 1 月至 11 月底出版，公众对《巴纳比·拉奇》的反响非常糟糕。《老古玩店》的每期销量高达 10 万册，到了这部继任篇，前几期销量跌到了 7 万册，最后一期已然跌至 3 万册。

虽然狄更斯坚决为自己的作品背书，告诉福斯特他信心满满，"小说终将成功"，但是这一滑坡使他开始慎重考虑美国作家华盛顿·欧文的邀请。欧文是狄更斯作品的忠实粉丝，建议他的英国同行赴美国游讲，坚信这一访问将会"在美国各地取得胜利，这在任何国家都是闻所未闻的"。

狄更斯反对保守政府，提倡个人自由，深谙戈登暴乱和美国独立战争发生在同一时期，或许美国人民比他的同胞更会欣赏《巴纳比·拉奇》。狄更斯认为他肯定会受到美国人民的欢迎，据说美国大众会翘首以盼载着最新一期《老古玩店》的英国邮船，对着船员大声喊："小耐尔还活着吗？"

另外，狄更斯对地位不高的殖民地人民和他们伟大的民主试验有一种天生的亲切感，因为他自小贫穷。再者，当时英国作家的访美见闻是出版界炙手可热的选题，他或许也能借此分一杯羹。

狄更斯带着这些想法找他的出版商查普曼和霍尔，希望他们资助这次访行。狄更斯劝说出版商的理由是这不仅能促进大家购买更多他已出版的书，而且经历本身也可成为将来旅行杂记的素材。

出版商同意了，1842年1月2日，狄更斯和妻子凯瑟琳登上了载着115名乘客的"大不列颠"号。四个孩子被丢在了家中，由弟弟弗雷德照看，最小的孩子才七个月大。凯瑟琳害怕这次危险、艰苦的北太平洋航行（四年前才有第一艘蒸汽船穿越北太平洋）。狄更斯对船上的食宿水平深感不满和震惊（枕头"没有烤饼厚"，床单揉得像一块松饼）。尽管如此，他们仍于1月22日抵达了波士顿。从波士顿开始，他就一直被记者、编辑、粉丝、好事者攻击，在四个半月的访问中，攻击之声从未式微。

一开始，波士顿的读者太过热情，狄更斯不得不雇个秘书，每日都要安排一场正式的接待会，由英国领事引介。在纽约，有3000多人聚集在帕克剧院，参加2月14日的博兹舞会。剧院里矗立着一幅巨大的狄更斯画像，画像顶部有只老鹰，俯视着模仿狄更斯作品里场景和人物的各种舞台造型。

在美期间，狄更斯见到了几乎所有大名鼎鼎的美国作家和思想家，包括他的坚实拥趸者华盛顿·欧文，还有哈丽叶特·比切·斯托、埃德加·爱伦·坡、威廉·卡伦·布莱恩特、亨利·沃兹沃斯·朗费罗、奥利弗·温德尔·霍姆斯、约翰·格里利、詹姆斯·拉塞尔·罗威尔、亨利·克莱和丹尼尔·韦伯斯特。在华盛顿，美国总统约翰·泰勒在白宫接见了他。

狄更斯在美国虽受到前所未有的关注和赞美，但并非诸事皆顺。首先，有些美国人发现亲眼看见的狄更斯与其成就铸造的人间巨人形象相差甚远。他任初级律师职员时其外貌被描述为脸色粉嫩，天庭饱满，眼睛有神，美国作家理查德·亨利·戴娜写信给布莱恩特却说，第一眼见到狄更斯"你可能会觉得不顺眼"。有人评论说，狄更斯虽然有 5 英尺 9 英寸高[1]（高于那个年代的平均身高），但看上去又矮又胖，耳朵有点大，头发乱糟糟，在公众场合和餐桌上喜欢吹毛求疵。

还有人评论说狄更斯喜欢低声说话，语速快，口音重，美国人很难听懂。在衣着方面，他把艺术之美变成了招摇过市，手指、手腕、领带上都是珠宝，穿着一件花花绿绿的背心，美国人觉得太过花哨。萨克雷曾如此描述社交舞会上的这对夫妇："狄更斯太太一袭粉色绸缎，狄更斯先生一身猩红色，再配上下垂的鬈发，他们可真光彩夺目！"大家不难想象狄更斯这身打扮确实吓倒了粗放的美国人。

一个美国记者把他写成了"奢侈阶层的花花公子"。

如果狄更斯不谈及一个令他大为不悦的经济话题，所有这些都可视为他审美上的小怪癖。从在美国第一次公开亮相起，他固然懂得人情世故，知道要去赞美美国的社会制度和理念，但他每次演讲总会谈到一个令他着了魔的问题：他描绘了一个栩栩如生的画面，沃尔特·司各特爵士躺在临终的床上，身无分文，这是因为国际出版商们盗版这位伟大作家的作品，却不支付分文版税。狄更斯从这悲惨的一幕谈

1　约为 1.75 米。

起，呼吁建立世界范围内的版权保护协定，保护所有作者的权益，当然包括他自己。

文学盗版在殖民地时代是普遍的商业行为（如今在一些东欧和远东国家，版权仍未得到承认），不久，新闻报纸就开始撰文抨击狄更斯，称他这次访问实质上是披着面纱的国际版权协定运动。这些报纸之所以这么写，要么是因为和出版商沆瀣一气，要么是出自对出版商的同情。狄更斯怒不可遏，写信给他的一位美国朋友乔纳森·查普曼："对于在国际版权问题上所受的抨击，我感到震惊、恶心，此生从未被弄得如此内心作呕、怒火攻心。我不过说了一句期望有一天作家能受到公正的待遇，立刻就招致你们几十份报纸用流氓的污言秽语污蔑我，言辞之恶毒比他们抨击一个谋杀犯有过之而无不及。"

狄更斯对美国本来抱有的美妙幻想不断破灭，不光是因为版权问题引发的这一件事。访问完波士顿、纽约、华盛顿之后，他计划走访美国南部，包括查尔斯顿、南卡罗来纳州，但最远不超过弗吉尼亚的里士满。

狄更斯后来在《美国杂记》中解释道：他逐渐认识到他对美国一直抱有的幻想和经历的现实有天壤之别。"考虑到这趟行程的周期，再加上这提前燥热的季节——我在华盛顿常热得受不了——况且，生活在奴隶制环境下，会一直沉陷于对奴隶制度的冥想之中，考虑到这种沉思带来的痛苦……脱去了本该有的美丽伪装。"他写道。因此，他决定取消美国最南边的行程。

狄更斯见到美国同胞丝毫不讲个人卫生，颇感失望。有些新闻记者对这位伟大作家的"平民"举止大为吃惊，狄更斯却发现美国人才是乡巴佬，不懂起码的礼貌。

英国外交官当初就说美国白宫缺乏礼节；托马斯·杰斐逊总统穿着拖鞋接待外国国家元首，这是人人皆知的。狄更斯拜访时吃惊地发现泰勒总统接待室里的国会议员和说客们唠嗑、抽烟、吐口水，像是酒吧里的闲汉。宣布他到达后，他被带到了会客前厅，狄更斯说，等在里面"无聊乏味，和我们国家任何公共场所的等候厅一样，像医生在里屋看病，你等在他家的餐厅"。

大厅里还有十五、二十来人和他一起在等，有一个精瘦结实的老头，来自西部，两腿间放着一把巨大的伞，"眉头紧锁，一直盯着地毯，嘴角边的皱纹沟壑纵横，不停地抽动着，他像是下定决心要让总统听进去他不吐不快的一番话，一粒麦子也不能少给他"。狄更斯把这些人的狂热表情描写得淋漓尽致，又描摹了一个"什么也不做，只一个劲地吐痰"的男人才收尾。关于这个明显的陋习，他写道："这些先生们在这方面做得锲而不舍、精力充沛，把他们的小礼物都馈赠给了地毯，数量如此之多！我敢断定总统女佣的薪水一定不菲。"

除了这些失望，他和凯瑟琳对接二连三的"抛头露面"感到身心俱疲，他们的穿着打扮、举手投足和一言一行都要接受舆论监督，经常还遭到诋毁。最后，狄更斯给他的演员朋友、时而兼任他商业伙伴的威廉·麦克迪雷写信说："我很失望。这不是我要来见的共和国，也不是我想象中的共和国。"1842 年 6 月 7 日，狄更斯和凯瑟琳在加拿大休息一个月后，动身回国，欣慰自己终于离开了这些沿海国家，这位作家曾梦想在那里找到"拔地而起的城市，如同童话里的宫殿一般耸立在西部的荒野和丛林中"。

3

狄更斯对美国之行的总体感受是失望透顶，在此期间，他给麦克迪雷等人写了许多长信，一直希望这些信成为他回国后出版的关于"美国印象"一书的素材，这本书他允诺在查普曼和霍尔那里出版。他很快写完了《美国杂记》，于1842年10月出版。这本书不出所料，描写了他观察到的美国的通病。

狄更斯对美国的餐桌礼仪、监狱制度、奴隶制度、美国海上和边境旅行的苛板规定，以及美国蔓延的虚伪、腐败和狂妄自大都予以批判。他认为美国的监狱体系"呆板、严厉、毫无前途……我认为这个体系实施起来只会造成残暴和不公"。尽管读者猜到狄更斯会这么写，但是英国读者对以上内容的冷漠态度让狄更斯吃了一惊。评论家觉得狄更斯的观察没多少新意，乐于分享粗俗的"美国体验"的英国作家都写过类似的内容。

形成鲜明对比的是，这本书在美国卖得很火爆。作者要是据此沾沾自喜，那么马上就会被另一个事实泼一盆冷水：市面上几乎全是盗版书，对书的评价是一片骂声。最令人兴奋的评价来自美国的废奴主义者，狄更斯提出在美国废除奴隶制的观点受到了他们的热捧。

1843年1月，《美国杂记》完成不久，狄更斯开始出版第六部小说《马丁·瞿述伟》。1842年，狄更斯收到查普曼和霍尔的2 000镑预付款，供他在美国旅行和休假，附带条件是按月连载一部新小说。合同明确规定除了预付款，他还将获得新小说销售利润四分之三的报酬。但有可能是因为《巴纳比·拉奇》的销售业绩不佳，再加上狄更斯已经欠出版社3 000镑，出版商们坚持在合同中增加一条附加条款：若《马丁·瞿述伟》的报酬无法偿还狄更斯分期付款的债务，出版商将从狄更斯每期 200 镑的报酬中扣除 50 镑。

这种附加条款对狄更斯而言是头一回，显然出自对狄更斯的不信任。狄更斯即便当时斟酌过这项条款的涵义，他对查普曼和霍尔也什么都没说。因为他对新小说信心满满，他宣称小说的主题是"英国的生活和礼仪"，围绕住在乡间邸宅的一家人展开，描写了他们的各种算计和不择手段，以图谋马丁·瞿述伟爵士的财产。

创作不久，狄更斯激动地给他的好友、文学顾问约翰·福斯特写信，宣称欣喜地发现小说中的人物"打开了"。出版商因销量下滑倍感烦恼，但他怡然自得，因为写到第十二期的时候他编排年轻的主角小瞿述伟去美国访问。有些评论家认为这样的剧情发展是狄更斯打破萎靡销售业绩的破釜沉舟之举，而狄更斯却因为有机会再次抨击令他失望透顶的国家而洋洋得意。"马丁让大海对岸的人彻底疯了。"1843年 8 月他自鸣得意地对福斯特说道。

惹怒美国人（正因为这件事，他失去了华盛顿·欧文这个朋友，之前欧文一直拥护他）的一种办法就是冷嘲热讽，比如马丁的朋友马克·塔普林解释他如何画高贵的美国标志的一番话。他们站在船头，注视着美国海岸线在身后渐渐远去，这时塔普林对马丁说：

"先生，我在想……如果我是个画家，奉命画一幅美国的白头海雕，我该怎么画呢？

"我认为画得越像真的老鹰越好。"

"不对，"马克说，"先生，我不会那样画。我会把它画成蝙蝠的样子，因为它鼠目寸光；画成矮脚鸡，因为它自吹自擂；画成喜鹊，因为它老实巴交；画成孔雀，因为它爱慕虚荣；画成鸵鸟，因为它顾头不顾尾。"

要是狄更斯以为嘲讽美国的小说能赢得英国读者的芳心的话，他的如意算盘就又打错了。那期的销售册数与上期相比略有提升，从 2 万册增至 2.3 万册，但这个数量与《尼古拉斯·尼克贝》的 5 万册和《老古玩店》的 10 万册销量比起来相差甚远。出版商威廉·霍尔提醒狄更斯他们签过附加条款：在销售不佳的情况下需扣他的一部分工资，这使得本来就不如意的狄更斯火冒三丈。他立马写信给福斯特，发誓不再给查普曼和霍尔投稿，宣称要与布拉德伯里和埃文斯公司合作。这两位是狄更斯小说的印刷商，每到圣诞节都会给狄更斯送一只火鸡，至少在作家心中，此举既慷慨又有诚意。

　　不了解实情的人可能认为狄更斯的反应过激了。即便今天，在一些人口远比维多利亚时期的英国多的国家里，谁要有能力写本书在一周或一个月内上架销售 2.3 万册，肯定会欣喜若狂。这样的人不大会因为个别评论家的不满就不高兴，也不会无法容忍远在大海另一端国家人民的不友好。

　　可事实是，撑杆跳比赛的杆子从不会往下降，也很少有作家会降低对自己下一本书的期望值。销量减少，热度下降，口碑下滑，这些都会夺走作家的自信。谁要是和狄更斯一样，登过文学的奥林匹斯山之巅，也会受不了有一天被放逐到一座小山坡的待遇。

　　如果有人敢和狄更斯的朋友福斯特提他是屠夫之子，福斯特一定会翻脸；同样，狄更斯对自己的出身也是耿耿于怀。他生无特权，所有的努力都没有任何信托基金的保障，也没有任何家庭财产可供他退休养老。他经常说，生活的好坏都指望他的下一本书。

　　读者对《巴纳比·拉奇》的差评，他可以归咎于灵感枯竭而导致判断有误。他决定走访美国的一个目的就是想从写作的苦差事中抽身，找回灵感。《美国杂记》的失败，他可以归咎于同类书的出版早已供大于求，尽管它们品质低劣。但是大众不买账《马丁·瞿述伟》让狄更斯不得不开始怀疑自己的判断力，质疑自己的写作天赋，甚至怀疑自我。

4

狄更斯来到曼彻斯特出现在雅典娜俱乐部时，眉间一定挂着一丝忧虑。一位法国记者此时采访了他，形容他"头发很长，呈棕色，乱糟糟地……盖在额头上，面色苍白"。不过这位记者还指出："明亮不安分的眼神里透出过人的洞察力和超凡的智慧。"

狄更斯愿意竭力改变雅典娜俱乐部的命运可以说是性格使然，但他这次来到曼彻斯特（查尔斯·纳皮尔勋爵曾把曼彻斯特称为"现实世界的地狱入口"）主要还是因为姐姐的强烈要求。姐姐叫弗朗西丝，比他大 18 个月。正如她弟弟所熟知的，姐姐范妮[1]嫁给了一个虔诚的福音派教徒，名叫亨利·伯内特。这对夫妇在曼彻斯特郊区的阿德威克住了一段时间。狄更斯和范妮一直关系很好，但由于他不信任有组织的宗教，尤其是一些偏执的小教派，所以他不确定姐姐嫁给这个丈夫是否明智。尽管这样，狄更斯仍情愿住在姐姐和姐夫家，而不愿住当地的酒店，因为他非常厌倦成名带来的无休止的追捧。

要不是因为姐姐参与了该市的福利事业，他甚至不会考虑接受曼彻斯特的邀请。最近数月，他参加了太多的公益事业，超出了个人承受的极限。

狄更斯的传记作者彼得·阿克罗伊德提到，狄更斯曾在伦敦的印刷工人协会、肺结核与胸部疾病医院、聋哑人慈善协会、文学基金会和疗养院发表演讲。他还答应为朋友麦克迪雷安排一个答谢宴。麦克迪雷辞去了特鲁里街剧院的工作，组建了一个作家协会，担任作家国

---

1 范妮是弗朗西丝的昵称。

际版权事务委员会主席，还捐助了不久前溺水身亡的演员爱德华·埃尔的遗孤。

面对如此多的活动安排，不难想象狄更斯会感到厌烦。他厌烦没完没了的派对和社交场合（包括萨克雷嘲讽狄更斯和他妻子凯瑟琳着装的那场舞会）。狄更斯的不耐烦可从他参加切特豪斯广场医院晚宴写的笔记中得到佐证，他把那里的客人描述为"一群牛，他们衣冠楚楚，唾沫四溅，驼背大肚，吃得太撑，性情暴戾，喷着鼻息"。

当时，凯瑟琳又传来怀孕的消息，这是七年里的第五个孩子。传记作者们一般认为狄更斯是在年轻时的情人、银行家的女儿玛丽亚·比德内尔拒绝他之后，才在 1833 年娶了凯瑟琳·霍格斯，安顿下来。但是，狄更斯和凯瑟琳之间的关系，虽称不上有激情，可一直也是互相关爱，互相尊重。可当凯瑟琳向狄更斯透露她再次怀孕之后，狄更斯称她为"一头驴"，这表明狄更斯真站在了悬崖边上，摇摇欲坠。

他甚至提议一家人搬到欧洲大陆，包括现在与他们同住的凯瑟琳妹妹乔治娜，在那儿他们可以生活得节俭一点儿，狄更斯可以写旅游见闻，如此贴补家用也来得容易些。狄更斯猜测也许自己在公众前曝光太多了；也许一旦停下写作，不受关注，读者和评论家就会意识到他们失去了什么。但此刻，他仍旧来到了曼彻斯特，那里的表演不得不继续下去。

❧

曼彻斯特的一位东道主沃特金爵士在回忆录里写道，没有任何迹象表明狄更斯来到曼彻斯特之后有什么不对劲。对于沃特金来说，狄更斯是慈善的化身，毋庸置疑，沃特金的回忆里充满了对狄更斯的赞美，即便算不上是露骨的崇拜，也是热情洋溢的赞扬。

"查尔斯·狄更斯先生能大驾光临，我们必须感谢他的姐姐伯内特太太为此付出的努力。如果这个世上真有节制的圣徒，那么非她莫属。"沃特金写道。狄更斯出现在雅典娜俱乐部的前一个晚上，沃特金和几个同伴去伯内特家拜访了狄更斯。

在屋里的时候，大家发现狄更斯站在壁炉边，打算用玻璃盛酒器倒酒。"递盛酒器的时候，他把自己的玻璃杯打翻了，"沃特金回忆说，"浇在了桌上一本漂亮的书上。"

然而，这个小插曲似乎并没有影响狄更斯，他很快向代表团提出了第二天计划的细节，并询问沃特金，他们打算安排谁坐在他旁边。沃特金提议狄更斯就坐在他姐姐和姐夫身边，因为这样最亲切，狄更斯摇了摇头。

"不行，我觉得不妥，"他告诉沃特金，"完全不妥！你要安排支持我的人坐我旁边。"他解释道。

既然这样，沃特金回答，狄更斯的一边安排坐科布登先生，另一边安排坐曼彻斯特的克肖市长，如何？狄更斯说这样安排很好。

话锋由此转到了狄更斯对大众教育的殷切希望（"教育集会有一万人参加，对不对？"他问沃特金的一名小组成员）。继而，让沃特金有些惊讶的是，狄更斯对雅典娜俱乐部的价值观念、历史和当前所需了如指掌。

"狄更斯似乎对这一切都很感兴趣。"沃特金大加赞赏地写道。当有位小组成员提到保守派一向反对雅典娜等基层教育事业时，狄更斯的反应很强烈。

他说："如果有哪个党派反对群众教育，我们管不着。但也不用管他们，我们必须继续下去。"

有人想感谢狄更斯的慷慨，因为他不吝名声来帮助他们的事业。有位像狄更斯这样功成名就的作家代表他们，比起区区一个政治家有用得多，一位曼彻斯特人微笑着说。

沃特金说："我们对他这次到访的高度评价被他谦虚地否认了。"狄更斯对溢美之辞挥手否认，强调他之所以来是因为支持雅典娜俱乐部的立场：有一种"世俗的欲望，让人做尽可能多的活儿，而没有一个慷慨的愿景给他们提供尽可能多的发展机会"。

"我会强调教育的必要性和有用性，"狄更斯对小组成员说道，"我必须清清楚楚地告诉他们。"

当谈话最终转到英镑、先令、便士等钱的问题上时，狄更斯建议说，他在发言中不能把机构的财政状况说得太糟糕，因为捐助者更愿意资助上升中的事业，而不会把钱投进一个跌入谷底的事业。"我可以说这个机构的债务正在加紧清算中，呃？"他告诉他们，"这不失为一个办法。"

小组同意这个策略，也赞同狄更斯直接要钱是不妥的。"太像把他当作摇钱树了。"沃特金插话道。

狄更斯点了点头。他向当事人保证："我会试图以另一种同样或更有效的方式去鼓励他们慷慨解囊。"

他们必须记住，有些东西比机构本身更重要，狄更斯接着说。曼彻斯特雅典娜俱乐部的存亡并不是你们努力的唯一目标，它的理念才真正值得你们全力呵护。谈到这儿，他们的会议结束了。

5

第二天下午，作为正式演出前的预热，主办方安排了一场参观雅典娜俱乐部的活动，期间狄更斯被引荐给了慷慨激昂的演说家理查德·科布登。两人在俱乐部里边走边聊，一边寒暄，一边交换想法。按照沃特金的说法，"他们走进地下室，爬上顶楼，一路上拿政治和政客开涮"，其中就包括詹姆斯·克罗斯勒，一个体型肥胖的地方政客，他和科布登水火不容。

他们讨论的主要议题之一是科布登参与的全国反玉米法联盟。1839 年，曾在曼彻斯特率先建立过一个类似地方组织的科布登，成功建立了一个全国委员会，联合所有利益集团，试图废除保护英国乡绅权益的税制。科布登曾任曼彻斯特商会会长，也是该市首任市议员之一。他于 1841 年当选议员，迅速成为反对既得利益集团的主要代言人，这些既得利益者对英国的粮食价格推波助澜，导致面包价格虚高。

1840 年至 1842 年英国遭遇大萧条，加上庄稼接连歉收，导致粮食短缺、价格上涨，因此越来越多的英国普通百姓拥护科布登。这个组织也得到了制造商的支持，他们担心税收使玉米价格暴涨会最终导致工人罢工、工资上涨。科布登往返于整个英格兰，在越来越多的人前发表演讲，他和狄更斯在曼彻斯特见面时已是全国工人中的英雄人物。

迪斯雷利将在舞台上与他们一道演说，虽然迪斯雷利本质上是托利党和保守党成员，但颇得自由党的喜爱，因为他主张拥有土地的利益集团有义务维护穷人的权利和生计。因此，这个颇受欢迎的三人组合有政治家、小说家，还有小说家兼政治家，构成了雅典娜俱乐部演讲海报上的黄金搭档。科布登和迪斯雷利作为公众演讲者可能更有经验。（威廉·格莱斯顿曾嘲讽迪斯雷利，说他可能会死于"绞刑或者某种可怕的疾病"。迪斯雷利反驳道："先生，这要看我是拥戴了你的主教还是拥抱了你的情妇。"）但是，狄更斯根深蒂固的影响力使他成了当晚演讲无可争议的明星，尽管他最近诸事不顺。

1843年晚上，狄更斯在曼彻斯特竭力扮演一个救世主的角色。这样做对他来说很不容易，他的婚姻遇到了麻烦，前途飘忽不定，财务状况随时会崩盘。心头堆满了烦心事，他真能搁在一边，鼓舞大众伸出援助之手，帮助工人获得思想、文艺和教育吗？但是，恰是这些理念构成了狄更斯最优秀作品的核心和灵魂，而且他以前就是他今天为之代言的人群中的一员。

年仅31岁的狄更斯虽尚处在艺术家的成长期，但随着《博兹札记》（虽散漫，但反映了他广泛的社会兴趣）、《匹克威克外传》（虽不够连贯，但人物丰富，有喜剧感）和《雾都孤儿》（虽有几处写得像传奇剧，但主题突出）几部作品的出版，他在写作上表现出了涉猎广、内容深刻、能力突出等品质。这些品质建立在前人成就之上（菲尔丁、笛福、斯摩莱特、理查逊和司各特），奠定了他在大多数现代评论家眼中第一位真正的现代小说家的地位，也让他成为时代的代言人。

作为一个时代的代言人，狄更斯深知他作为发言人和艺术家所取得的卓越成就。今天，我们很难理解如此之高的社会地位，因为每当社会名人在颁奖典礼上发表政治观点时都会受到毫不客气的批判。二十世纪的文学批评也无法接受作家拥有这样的社会地位，评论家认为小说不过是作者的主观幻想，和现实没有任何实质的关联（如果"现实"果真存在的话）。吉尔伯特·索伦蒂诺写的那则家喻户晓的故事的最后一句是："艺术救不了任何人。"

但在狄更斯的时代，作为故事叙述者的作者在他创作的虚构故事中伺机以待，经常随时"跳出来"，或解释一个人物的活动和心理动机，或评判身边的时事。读者完全接受作者这样做。首先，在那个教育水平低下的年代，没多少人读过大学，所以不难理解大家会认为一个见多识广、严肃写作的作者也许能把人类的本质和社会商业活动的规律阐释清楚。再者，在狄更斯时代，小说不仅被当作是娱乐，也是潜在的信息和智慧的范本。

那时尚未建立现代社会习以为常的社会保障体系。为穷人和生活不幸的人设立的各种慈善机构皆由教会和私人经营，他们大多动机不纯，做法不当。狄更斯"永远不会忘记"自己卑贱的童年，他认为最卑鄙的做法就是这些所谓心地善良的人非要别人信奉他们的宗教才赏你一碗粥。在狄更斯眼里，真正的慈善是敞开心扉的仁慈；把救济当作棍棒，强迫接受者，迫使其成为信徒，着实令人作呕、邪恶无比。

狄更斯不激进，马克思和恩格斯的理论（狄更斯出现在雅典娜俱乐部时，恩格斯家族在曼彻斯特还拥有一家棉纺厂）对他来说太过遥远。狄更斯认为完全可以使一个理性的资本主义社会认识到其对全民的责任，幸运的人有义务分一杯羹给自力更生却生活不幸的人。

他反对通过暴力手段来达到目的，但是他非常理解为什么绝望的人会被逼上犯罪的道路而不得不诉诸暴力。他严厉谴责那些将自己的责任推给穷人的个人和富有阶层。他憎恶迫害穷苦人的法律（如《玉米法》、监禁债务人制度以及不规范的《劳动法》），憎恶无能的官僚机构，不健全的公共工程和公共卫生，憎恶个人的贪婪、暴食和冷漠。

但是狄更斯并不是一个没有幽默感的改革者。他热切追求的目标是一个人人都能享受生活乐趣的社会：有文化，有娱乐，有美味的食物，有和谐的关系，还有幸福的家庭。要是狄更斯能活着听到一个名叫罗德尼·金的人喊道："我们所有人为什么不能和谐相处呢？"他肯定会心领神会地点头，用他喜欢的那句伦敦东区味十足的话回答："哦，天啊，是这样！"

也许狄更斯是因为他姐姐范妮的执意相劝才接受雅典娜俱乐部的邀请，但是他的人生哲学也决定了他会搭乘火车，踏上从伦敦到曼彻斯特两百英里的旅程。如果说英格兰处于世界工业革命的前沿——随着小农场的大规模集聚，农业、钢铁和纺织品生产都已实现机械化并引领世界——那么以煤炭为燃料的曼彻斯特就是工业革命的领导者。

曼彻斯特小镇在1685年只有6 000人口，因地理位置优越，既可通往利物浦航运港口，又靠近丰富的煤炭矿藏，还有快速流动的河流提供电力，这座城镇已成为世界上第一个现代工业城市，到1830年人口增至30万，在狄更斯到来的时候人口已超过40万。当时英格兰全国约有1 600万居民，居住在伦敦的约有200万。与美国相比，美国人口有1 700万，而居住在其最大的大都市纽约的只有31.2万。

然而，这些工厂、作坊和运输公司的繁荣背后并非没有代价。雇主生活得像君王，越来越多的管理人员也过上了滋润的中产阶级生活。但主要靠劳动力工厂才得以运转，他们和家人生活的环境却肮脏不堪。

托克维尔在曼彻斯特写道："人类得到了全面发展，但也变得更加残忍；在这里人类文明创造了奇迹，可文明人一转身又几乎成了野蛮人。"大部分城市街道尚未铺砌，工人居住区没有修"普通下水管道"，满地是粪便和垃圾，行人只能绕道。许多人家里是没有铺砖的泥地，没有门窗，"通风不良"，"没有厕所"。因此，1832年，社会活动家詹姆斯·凯写道："街道狭窄，没有铺砌，街道上都是日积月累车轮压过的凹洞，洞里填满了泥土、垃圾和令人作呕的粪便。"

十年之后，就在狄更斯访问之前，约瑟夫·阿兹黑德在《贫穷的曼彻斯特》一书中指出情况越来越糟："曼彻斯特的穷苦程度令人发指，"他引用一名当地医生的话说，"我们大多同胞的食宿水平连牲口都不如。"

弗里德里希·恩格斯在狄更斯访问时正热情高涨地做经济分析，他的思想成为马克思1848年发表的《共产党宣言》的基石，他撰文抨击繁荣与萧条的不断循环只会使情况恶化，把劳动者从一个完整的人异化为"体力劳动者"，有产品需求时雇佣大量劳动力，一旦生意下滑他们就被抛弃。马克思和恩格斯认为，机械化把人变成了生产过程中的一个统计变量，结束了封建时代遗留的雇主和雇工之间的家长式关系，把人与人的关系变成了赤裸裸的利益关系及冷冰冰的"现金支付"关系。

曼彻斯特的情况非常不堪，不止一位现代劳动经济学家说过，如果恩格斯的成长环境好点，比如生活在伦敦，《共产党宣言》可能就不会写成那样。分析家戴维·麦克莱伦说，如果恩格斯久住首都，"那里的制造业主要靠工匠完成，那么他写出来的将是另一番景象"。狄更斯在伦敦的所谓家长式的雇佣关系中做过"工匠"，他当然无法苟同这一观点，但是有一点是毫无争议的——1843年的曼彻斯特如同人间地狱。

曼彻斯特的年死亡率是1/31，而全国的年死亡率是1/45。工人阶级子女 5 岁之前的死亡率高达 57%。

自 1841 年至 1842 年，经济大萧条的影响犹存，每天有 3 000 人在施食处排队。全市 130 多家喷烟吐雾的工厂因商业衰退破产。恩格斯在 1842 年底写道："每个街角都是成群找不到工作的人，许多工厂……闲置待工。"

靠手工织布为生的人因动力织布机的发展，生活变得异常艰辛。自 1820 年至 1840 年，他们虽还能找到工作，但工资下降了 60%。当时仍有约 10 万名织布手艺人在曼彻斯特生活、工作，一位劳工史学家说，他们的绝望"笼罩整个时期，萦绕着所有的工人阶级"。（有趣的是，这个绝望的时代迫使失业的苏格兰手织工卡内基移民美国，在那里他的儿子安德鲁将成为有史以来首屈一指的工业家。）

他到访的这个城市在许多方面都令他厌恶。他于 1838 年短暂访问了曼彻斯特，那时他正在创作《尼古拉斯·尼克贝》。"他来的目的是考察棉纺厂的内部情况，我想他这样做和正在写的某部小说有关。"小说家同行哈里森·安斯沃斯在狄更斯的介绍信中如是写道。在那些工厂看到的情景给狄更斯留下了不可磨灭的印象："我（在曼彻斯特）所看到的让我感到无比恶心、无比震惊。"

狄更斯对愿意为压迫者挺身而出的人非常友好，他结交了很多曼彻斯特当地人，其中包括他在查塔姆的第一位校长威廉·贾尔斯牧师。正因为朋友多，他说，尽管这个城市的境况不尽如人意，"每次来到曼彻斯特，我都满怀期待，每次离开，我都开心而归"。但也许有人会问，今晚他还能开心而归吗？

迪斯雷利站在讲台上，犹如一颗冉冉之星，而他坐在一旁，思考的却是自己的多舛命运：书卖得只有之前的五分之一；出版商要扣他的工资；批评者不仅目光短浅，还嘴不饶人。

他面前的这群观众想要什么呢？智慧、安慰，还是救赎？主啊，他连自己的问题都摆不平，又怎么帮他们？

迪斯雷利演讲结束了，该狄更斯上场了。

主持人一番热情洋溢的介绍和欢迎辞，让狄更斯为之一振，他开始演讲，说他相信理性的力量。他赞扬了聚会的场所，在这儿"我们不用管政党分歧，不用担心互相仇视的公众意见……我们就如同身在乌托邦之国，开这个公众会议"。他继而重申了自己的信条："我认为，对于我们所有人来说至关重要的是，每个人都应该意识到人要关心道德的提升和社会的进步，要拥有不影响他人的娱乐生活，要关心整个社会的和平、幸福和生活的改善。"这一信条为他从事艺术创作提供指引，是他参与公众事业的原则。

狄更斯提到了曼彻斯特和他所代表的雅典娜俱乐部，他说："这地方很合适……在这狭小的劳动世界里……这座城市应该有一座神圣的庙宇致力于教育这个人数众多的阶层，帮助他们进步，因为他们在各种有用的岗位上帮助我们创造财富。"

他接着又给自己的观点增添了一份诗意，他指着他们所在的大厅说道："我认为我们应该意识到，当这座城市的工厂再次回响着那些了不起的发动机的哐当声、机械的飞转声和碰撞声时，人的心灵，这个上帝之手创造的不朽机器，不仅不会在喧嚣声中被遗忘，而且能在自己的这座宫殿里栖息并得到滋养。"

他又提到了促使他上次造访这个城市的境况。他提醒听众："雅典娜俱乐部建立于商业繁荣期，那时，雅典娜俱乐部服务的社会阶层都有工作，收入正常。"

其实，在他提到那个时期，工厂的失业率徘徊在15％到20％之间，在过去的十年里工资也下降了差不多的百分比。"后来就是史无前例的大萧条时期，"他对听众说，"大量的年轻人……突然发现他们的工作没了，生活一贫如洗。"

雅典娜俱乐部拥有一个藏书达6 000册的图书馆；有学习语言、演讲和音乐的课程；有健身设施；定期举办讲座和辩论会。经济衰退导致俱乐部的累积债务超过3 000镑，狄更斯对听众说，尽管如此，每周愿意支付6便士得到所有这些资源的市民数量在最近几个月还是翻了一番多，如果在座有更多的人愿意加入，本来就不太高的订阅费还能有所减少。

他渐入佳境。他说，对于建立类似雅典娜俱乐部这种机构历来有一些"过气的"反对意见，他们的想法可以用简短的一句话来概括："我们经常能听到一大群这样的人，他们是各自时代的智者，他们生下来不为别的，就为传教一些假道理和不入流的智慧……比如，'学一点知识是危险的'。"

狄更斯停顿了片刻，以示强调，然后接着说："这批权威人士还说，绞刑判得少是件非常危险的事。因为绞刑判得少非常危险，所以我们现在有大量的绞刑；因为学一点知识危险，我们就应该什么都不学？为什么这二者之间有这么大的差异呢？"

不难想象观众听到这番话后爆发的雷鸣般的掌声。这些话具有《博兹札记》的一针见血，有《匹克威克外传》里萨姆·韦勒的观察入微，有支撑着《雾都孤儿》主题屹立不倒的感染力。

烘托完主题之后，狄更斯进一步说道："我很想听听这些人计算出来的学习一点知识的危险和愚昧无知的危险相比，哪个危险更大；

我很想知道他们认为哪个会产生更多的痛苦和犯罪。"讲到这里，他开始以自己为例娓娓道来，"我很乐意帮助他们算一算，"他针对这些把学习当作奢侈的人，运用了他将要写的一部新小说的情节设计，继续说道，"把他们带到我所知道的某些监狱和夜间避难所。在那里我看到成千上万的不死怪物长年累月受到这种邪恶公理的毒害，在那儿我心如死灰。"

狄更斯官称，他坚信随着人类对知识的追求和积累，我们有能力改变自己和人生。狄更斯说，有了学问，人就"自己获得了灵魂的财产，这种财产支撑着各个时代的人奋发图强"。他还说，人学得越多，"就会更好，更温和，更善良；当人知道每个时代有多少伟人因为追求真理而受到伤害时……他就会在各种事情上更加容忍别人的信仰，当别人的信仰恰好与自己的不同时，他能宽容地倾听别人的意见"。

演讲的最后，他对雅典娜俱乐部观众预测道："多年后，你们的机构和其他类似的机构已化为尘土，在这尘土中播下的种子将在另一代人身上结出神圣的果实，这些果实将熠熠生辉，闪烁着智慧、怜悯和坚韧的光芒。"在这个仅有十到十二分钟的演讲中，狄更斯倾注了激情的信念：支持教育，谴责无知和妄图延续无知的人，相信人有决定自我发展的能力。关于这一观点，当今社会理论家仍争论不休。

狄更斯已经从一个身无分文的可怜虫一跃成为一个时代的文学先锋；安德鲁·卡内基将会把另一种自力更生的信条带到美国，把自己从一个做纺织线筒的男孩重塑为钢铁大亨和世界上最富有的人，他后来建立了3 000个免费图书馆，帮助他人有朝一日也能踏上他的成功之路。由此看来，人类只要能运用自己的知识、理智和正直的本性，就具备了创造一个公正、幸福世界的全部本领。

6

即便狄更斯每次都是心情愉悦地离开曼彻斯特，他也万万想不到
1843 年造访这座被称为"世界烟囱"的城市会带给他一份什么样的
礼物。雅典娜俱乐部的演讲结束后，他独自走在城市里黑暗的街道
上，头脑发热，就在这几个小时里他有了一部新小说的构思，它将成
为英语世界最著名的小说。

狄更斯主动寻找灵感当然有很多实际考虑：他欠查普曼和霍尔的
债，小说的销量明显下降。他还有一个强烈的愿望：证明批评他的评
论家们是错误的，证明给自己和公众看，他的写作才华并没有丢失。

他还有一些其他的切实考虑。那晚演讲结束时，他向观众保证，
会一直铭记观众听演讲时的反应——所有注视着他的明亮的眼睛和快
乐的脸庞。他知道观众都寄望于他：他不会"轻易忘记这个场景，你
们对我的信任就是一份美好的责任"。

他给朋友福斯特的信中写道，当晚走在街上，他脑中还有别的回
忆。去曼彻斯特之前不久，他参观了伦敦一所被称为"衣衫褴褛"的
学校，由男爵夫人安吉拉·伯德特·库茨陪同。她是慈善家和银行财
产的继承人。他曾前往伦敦萨福隆山的菲尔德·莱恩学校调查《马
丁·瞿述伟》的接受情况，萨福隆山地区是伦敦最贫穷的地方，狄更
斯希望他的访问能为改善工人的不幸带来希望，促成虐待童工现象的
"彻底整治"。但是《马丁·瞿述伟》已经无法引起公众的兴趣。

菲尔德·莱恩学校是一所专门为穷孩子建立的免费公办学校，狄
更斯的来访使他有机会和这群男孩、女孩面对面交流。这群孩子，用
狄更斯的话说，都处于"完全的无知和未开化状态"。这些"学生"

大多文盲，衣服肮脏不堪（因此学校被称为"衣衫褴褛"），很多学生为了生存不得不做小偷或妓女。

狄更斯走进学校时穿着夺目的白裤，蹬一双发亮的皮鞋。他的到访遭遇孩子们嘲讽的尖叫，同伴克拉克森·斯坦菲尔德忍受不了学校的恶臭，马上逃离了现场。狄更斯将之描述为"令人作呕的环境，气味难闻，肮脏不堪，瘟疫横行：所有不可饶恕之罪都被释放了出来，在门前鬼哭狼嚎"。尽管如此，狄更斯仍坚持一个问题接着一个问题地问，直到孩子们感受到这个外星生物的关心，才和他认真地聊了起来。

他在萨福隆山学校看到的情况很糟糕，他告诉伯德特·库茨小姐说，"我在伦敦和别的地方见过的所有的骇人听闻的事情"，很少"有这样令人震惊的——这些孩子身上表现出对自己身体和灵魂的可怕冷漠"。狄更斯时代英国的实际情况是，全国每三个孩子中仅有一个能上学，伦敦大约有多达 10 万名贫困儿童，相当于城市人口的 5％，他们没上过任何学，就连这种"衣衫褴褛"学校或更差的学校的大门都不曾向他们打开过。

狄更斯的震惊和沮丧让伯德特·库茨小姐在菲尔德·莱恩学校当场承诺拨款修建厕所，给学生租更宽敞、通风良好的教室。但是狄更斯深知他们这样做不过是扬汤止沸，解决不了根本问题。"在英格兰无知总与罪恶、疾病和苦难在一起，"他愁眉不展地写道，"无知一直在孕育之中且总会被发现。"

❧ ✦

这些想法连同曼彻斯特观众全神贯注的神情一齐涌入狄更斯的脑海，他大步走在细雨蒙蒙的曼彻斯特街头，思考该何去何从。如果他是普通人，可能已经收拾行李逃到欧洲大陆一个不知名的幸福地，在那儿能找到很多工作，写写旅行见闻，挣的钱足够衣食无忧，写的书也能"迎合"那些没有品位的大众，不用担心他们喜不喜欢他的文章。他认为更有品位的读者才配得上他的作品，他不是第一个如此思考的艺术家，也不会是最后一个。

狄更斯不仅仅擅长这份工作，他是那个时代最优秀的作家，他的写作天赋曾让十万名同胞每周都为之欣喜若狂。难道他果真要在年仅31岁的时候放弃这一切吗？

那个晚上发生的事情绝非寻常。关于这一点，他给福斯特的信中写得很清楚，狄更斯开始自我批判，程度之甚是任何功成名就的作家都难以做到的，更不用说他已经是那个时代最有名的作家了。然而，他强迫自己直面严峻的现实。也许错并不在忌妒的批评家和善变的读者身上；也许是因为他沉湎绝望不能自拔，尤其是对美国之行和对人性的普遍失望，削弱了他在最近几部作品中的写作能力和人物刻画能力；也许是因为他理所当然地认为公众崇拜他，不管自己写什么读者都会买账。

也许他还能赢得读者的信任，写本可以引以为豪的书。重要的是他或许能另辟蹊径，不用威逼利诱也不用站在演讲台上说教。也许他可以让观众在毫无察觉的状态下接受观点。关键是要找到方法。

那晚，他就这样若有所思地在街上漫步，头脑中萌发了一个新故事。从曼彻斯特回到伦敦后，他保持了晚间散步的习惯，思绪仍萦绕心头……

……直到故事逐渐变得清晰，正如好友福斯特说的那样，"这个故事使他着魔"。他为之恸哭，大笑，失声流涕，故事的片段浮现在他眼前，包括两个叫"无知"和"不足"的孩子，他们是"不幸、可怜、可怕、丑陋、凄惨"的怪物，他们和小丁姆、鲍勃·克拉吉、斯克掳奇和马利等人物都深深地印在了狄更斯的脑海中，也永久地印在了全世界人民的脑海中。

第二章

不再失望

7

科尼利厄斯·费尔顿是哈佛大学研究希腊语的教授。狄更斯告诉费尔顿，几乎整个 10 月他都独自在"伦敦黑暗的街道上漫步，走上十五到二十英里，许多夜晚一直走到大多数人都已入眠"，脑海里构思着一个故事，即后来的《圣诞颂歌》。他曾用"非常特别的方式使自己在写作的时候兴奋"，他告诉费尔顿，同时他还在努力完成注定会失败的小说《马丁·瞿述伟》。（按月连载，要写满二十期，一直到 1844 年 7 月才完成。）

他告诉其律师托马斯·米顿，写作周期"相当紧张"，但随着故事的主题逐渐清晰，狄更斯信心满满。他对米顿说，他相信这个主题完全正确，预见自己会对未来"产生巨大的影响"，他的所有作品都会围绕这同一主题。

狄更斯的主要动力来自于时间的压力。狄更斯虽早已习惯了赶稿子，但写这本书时他还有其他问题需要操心。因为小说主题是圣诞节，所以《圣诞颂歌》不仅要在短短的几周内写好，还要在 12 月 25 日的前几天完成编辑、插图、排版、印刷、装订、广告和发货。否则所有的努力将不得不被搁置一整年。

此外，出版《圣诞颂歌》时狄更斯的职责发生了巨大的变化。之前，他只需把书写出来。他虽经常参与插图的甄选，对版式设计和印刷方式也会发表意见，但本质上，一本书的制作及后续的营销和发行都是出版商的事，出版商不仅为狄更斯的作品支付稿酬，也承担着图书准备阶段所有的费用及风险。

狄更斯跑到查普曼和霍尔那儿，一脸兴奋地描述新构思时，出版商并不感兴趣。狄更斯的老友福斯特说道："《马丁·瞿述伟》没有达到预期的销量。"他的第一位传记作者认为"这是他写得最娴熟的一部作品"，虽然评价很高，但是大众对这部作品的支持率远不及前几部。福斯特认为销量下跌是因为前两部小说是按周连载，而这部是按月，"世间的任何事概莫能外，习惯的力量比我们想象中的要大得多"。另外，狄更斯六个月不写作跑到大洋彼岸闲逛一圈，福斯特认为这个决定很不妥。

"还需要说明的是，"福斯特指出，"名声再大，图书销量再高，总会有瓶颈期。至于原因，难以言明。"换言之，大众的喜恶飘忽不定，与作家的才华是否下滑没任何关系。但福斯特强调说，不管什么原因，销量下跌就在"眼前，必须予以应对"。

一种选择就是完全终止和查普曼和霍尔的合作，关于这点狄更斯向霍尔暗示过。福斯特认为这样做不是上策，当初就是他牵头安排狄更斯与查普曼和霍尔合作。1839 年，他建议狄更斯从《本特利杂记》辞职，协助查普曼和霍尔拿到了《雾都孤儿》的版权以及在本特利那儿未销售的图书。福斯特认为加强狄更斯和大出版社的合作有助于狄更斯把心思放在写作上，不用操心其他事。（查普曼和霍尔还购买了《博兹札记》和《匹克威克外传》的版权。）

事实的确如此，狄更斯与查普曼和霍尔的合作是双赢。从连载《匹克威克外传》到《尼古拉斯·尼克贝》（自 1838 年 3 月至 1839 年 9 月），再到后来狄更斯出版的《雾都孤儿》，每期的销量高达 5 万册。《老古玩店》中小耐尔的故事让狄更斯的图书销量攀至巅峰，逾 10 万册。就连《巴纳比·拉奇》也销了六七万册。后来到了《美国杂记》和《马丁·瞿述伟》，突然之间，查普曼和霍尔发现销量只在 2 万册徘徊，他们开始盘算狄更斯这段时间给他们带来了多少利润。

霍尔之前提过可能会照《马丁·瞿述伟》合同签订的条款，从他工资中扣 50 镑，这让狄更斯勃然大怒。"我要被气死，"这件事发生后狄更斯对福斯特说，"就像我的眼里进了盐一样，我写不下去了。"

虽然霍尔没像他暗示的那样采取实际行动，但这个威胁对狄更斯的打击很大，他因此写信给福斯特说要终止与查普曼和霍尔的合作，销声匿迹，跑到欧洲大陆去。"要是我有钱的话，"他对福斯特说，"我会毫不迟疑地从大众视线中消失一年，看看新的国家，扩充描写和观察的素材，这些新国家是我最需要去看的。"

福斯特已经见识过这样的计划，跑到美国度了个灾难式的假期，结果又如何呢？他认为可行的做法是继续与查普曼和霍尔合作：把《马丁·瞿述伟》写完，再看看他们对《圣诞颂歌》的态度。

可是，查普曼和霍尔对这个点燃了狄更斯想象力的项目兴趣不大。正如福斯特所言："我按照狄更斯的愿望去找查普曼和霍尔谈话，这让两人吃了一惊，搞得他们都不知道该如何评判《圣诞颂歌》了。"

福斯特回来汇报说，查普曼和霍尔对匆匆写出来的圣诞主题书不感兴趣，他们"谈的更多的是如何把之前出版过的图书以便宜的形式再版，以及由此带来的巨大回报"。（相当于今天把精装书以平装的形式再出一遍。）此外，出版商还对福斯特说，他们愿意"投一笔数目可观的钱来创建一份杂志或期刊，请狄更斯做主编"。

福斯特说所有这些都证明了一个无法否认的事实："出版商对作者的评判皆是刻薄不公，他们不是作者咨询图书命运的正确人选。"结果很明显，之后再无多少证据表明狄更斯与查普曼和霍尔有过合作。

知悉出版商的回应后，狄更斯的态度很坚决。"不要被我这个项目的新奇和规模吓倒，"他给福斯特的回信中写道，"一开始我也和你一样怔住了，但我认为这个项目很明智，且有做的必要。"

"就当我这个项目是板上钉钉的事。"他告诉好友福斯特，对于办一个新杂志的提议他断然拒绝，因为太耗精力。另外，他认为把作品再出一个廉价版会贬低作品已取得的成绩："这样做不仅极大地伤害了我，还对我的资产造成极大的损害。"

最终，狄更斯做了一件身为地位如此之高的作家令人钦佩的事。他决定让步，接纳福斯特的建议，没有与出版商完全解除合约，但他也不准备放弃他认准的这件事。

如果查普曼和霍尔不同意以正常条款出版《圣诞颂歌》一书，他将以"自己的名义来出版"，并把项目委托给查普曼和霍尔。他负责图书的制作费用，这笔费用将在销售利润中予以扣除。他还负责图书的设计，聘用插图画家，咨询广告宣传事宜。本质上来说，出版社只起到了印刷厂的职能，从销售额中获取固定比例的佣金。《圣诞颂歌》在目前的条款下就成了自费出版的一种尝试。

福斯特说，这是狄更斯职业生涯的转折点，"这件事情虽然从眼前来看不值得，但最终证明是值得为之付出的"。与此同时，"再也不用担心他被烦恼所困，因为他一旦投入写作当中，就忘记所有的烦恼"。想搬到"诺曼底或布列塔尼，一个更实惠、更开心的环境"的念头也被搁在了一边。狄更斯有六周的时间来创作和出版《圣诞颂歌》（其间，还有至少两期的《马丁·瞿述伟》需要完成）。

"我有一阵子陷入了深深的沮丧，"狄更斯写信给福斯特说，"但我给你写了这封短信后感觉好一点，在房间上上下下转了一两圈后，我又继续写，不一会儿，我又来了兴致且一发不可收拾一直写到深夜，只停了十分钟来吃晚饭。"

8

　　狄更斯写这部小说的时候对读者能否接受这个选题肯定心里没底，因为他最近的经历确实不如意。他只能跟着感觉走，希望没错。

　　他一头扎进小说的创作中，尽管有时候他埋怨不得不应付一些其他事，包括他在写的那本反响很差的小说。11月10日，他写信给福斯特："我整天陷入创作《马丁·瞿述伟》的痛苦中，还仅仅是构思。希望明天就能结束掉它。"他又谈到了心爱之物，"晚上6点你能来一趟吗？想跟你聊几句《圣诞颂歌》封面和广告宣传的事，另外小说有个点很不错，想听听你的意见。我觉得这部小说出来后肯定很棒。"

　　这里有必要交代下当时的出版惯例。尽管出版商决定出什么书（他们经常要主动出击找作者，而不是等作者找上门），但合同一旦签订，出版社很少对书稿进行编辑加工。编辑的繁琐工作大多丢给了作者，有时"顾问"和一些并非科班出身的编辑，如福斯特，也会帮忙做一些编辑的活儿。

　　《圣诞颂歌》的初稿收藏在纽约的摩根图书馆，瞥一眼上面密密麻麻的修改就能看出狄更斯非常认真，要求极高。这样的手稿交到出版社，倒霉的是排版人员，他需要解码作者笔迹重重的注释，生成一份校样。

　　狄更斯的做法是生成两份校样，他和福斯特各拿一份做终审。福斯特的修改主要是语法和标点这类小差错，尽管他偶尔也能提一些重要的修改意见。他写道，其实是他提出了《老古玩店》一条重要的故事发展线索。福斯特补充道，关于小耐尔的命运，狄更斯"没想到要她死"。

不管怎么说，对于福斯特而言，他很高兴见到狄更斯如此全身心地投入到新项目中。福斯特在《狄更斯的一生》中写道："我不愿见到他目前的出版计划有任何变动，主要是指这本小书。尽管烦恼不断，《马丁·瞿述伟》写得痛苦不堪，他还是有条不紊地在完成这本小书。这足以证明他自我意识的强大，尤其在读者们渐渐抛弃他的时候，他有了力挽狂澜的信心。"

狄更斯意志坚定，全身心投入到他的《圣诞颂歌：圣诞节的鬼故事》的创作中。他一边写，一边筹备小说的出版工作。

狄更斯找来了约翰·利奇担任插图画家，利奇是英国《笨拙》杂志颇受欢迎的漫画家。最初，西摩和狄更斯合作了《匹克威克外传》，在他自杀后不久，狄更斯就见到了利奇。利奇那时才 19 岁，是众多应聘替代西摩的人选之一。狄更斯写信回复利奇，样稿"受到了较高的评价，水平颇高"，但很遗憾，查普曼和霍尔已物色上了另一位画家。

此时，利奇已小有名气。1840 年，他在《本特利杂记》上发表了一系列的版画（他母亲和理查德·本特利是亲戚），1841 年，他开始在《笨拙》上发表作品。这本杂志于当年 7 月创刊，主编是马克·莱蒙，道格拉斯·杰罗尔德是杂志大名鼎鼎的毒舌作家，利奇担任首席画家。《笨拙》的地位相当于今天的《哈佛妙文》或《洋葱》，受到狄更斯的热捧，因为它对社会问题的态度既不站队，又能针砭时弊。

正如阿克罗伊德注意到的，《笨拙》杂志的创办人以及狄更斯本人的政治立场是保守主义和自由主义的奇妙融合。他们一方面支持救济穷人的事业，主张废除保护既得利益者的限制性税收政策，另一方面又不像马克思和恩格斯的支持者那样主张革命。他曾这样评价英格兰的"示范监狱"运动：可悲的是，监狱里罪犯的生活条件看上去比那些因为贫穷落入贫民习艺所的人"明显好得多"。

最近，利奇赢得了著名作家罗伯特·史密斯·瑟蒂斯的一纸合约，请他为小说画插图。1842 年底，他主动找狄更斯，想为《马丁·翟述伟》作画，狄更斯回信鼓励他说："如果我能安排此事，我很希望能在自己即将出版的连载小说上用上你的才华。但这事不能违背我对布朗先生的敬意。"（布朗先生认为查普曼和霍尔会继续和他合作这本小说，因为之前的《老古玩店》和《巴纳比·拉奇》就是他画的插图。）

查普曼和霍尔还是坚持同布朗合作（或"菲兹"，他常用这个笔名），因而狄更斯不得不再次拒绝利奇，但他做得很得体。

"几年前我们见过一面，我不曾忘记，我一直非常关注您的进步，并为之欣喜。我衷心祝贺您的成功，也庆幸自己一直关注您获得成功的途径。"狄更斯写道。

一年不到，狄更斯注意到利奇获得了设计以圣诞为主题的小说《祝酒杯》的机会，作者是他的好友阿尔伯特·史密斯。狄更斯觉得时机已成熟，他要四幅木刻版画和四幅手绘蚀刻画，印在《圣诞颂歌》上，利奇就是不二人选。

关于图书的设计，狄更斯决定用红色布料装订，封面上的标题用烫金工艺，图书的边缘也用金色装饰。此外，他还把书价定为 5 先令，这个价格比较便宜，因为当时一本简装的三卷本小说卖 31 先令（1.5 镑）左右。事实上，有人可能觉得狄更斯按月连载的小说每期只要 1 先令——尽管所有期合起来可能达到 20 先令，但至少还能分期买。我们可以作个对比：《圣诞颂歌》的主人公的鲍勃·克拉吉的月薪是 15 先令（代表了当时的工资水平），靠这 15 先令，他养活了妻子和六个孩子。也就是说，即便定价只有 5 先令，普通工薪阶层也不会毫不迟疑地买一本狄更斯的新小说。

狄更斯对小说的构思信心满满，他深信市面上没有一本像它这样的书。迈克尔·帕特里克·赫恩在《评注版圣诞颂歌》中指出绝大多数圣诞主题的出版物装饰得花里胡哨，以爱情和友善为主要内容，和节日本身缺乏关联。

狄更斯相信他为成功作好了准备，他私下向朋友透露这次他能在短期内挣到1 000镑，这对于每个月只能靠《马丁·瞿述伟》挣200镑的人来说可不是一笔小数目。"我全身心投入到一项工作中"，他告诉《爱丁堡评论》的主编麦维·内皮尔，"自从投入到这份工作"，我把其他事情一概抛在脑后，"为了做好我提到的这份工作并按时出版《马丁·瞿述伟》，我的工作时间全被占满了，这种状态要一直持续到圣诞节"。

虽然狄更斯对这项工作的风险有所评估，但显然他陶醉于自己的创作激情中，不能自拔。他告诉记者、流行歌曲作者查尔斯·麦凯："我一边写，一边被这本小书的点点滴滴打动；我对这个想法充满了兴趣，一刻都不愿意停止思考。"

他写作热情高涨，推掉了不少和朋友的应酬，包括插图画家乔治·克鲁克香克。狄更斯于11月25日写信给他："我恐怕明天来不了，特来信告知。我正在赶一本圣诞节的小书，想逃到一个地方安静地写。等完成了我马上告诉你，希望我们能一起喝上一杯格罗格酒，我们好久没见了，我的头发都花白了。"

他同样推掉了11月底和律师托马斯·米顿的会面，但答应道："周一晚上我去找你。你写的便条点燃了我对激情圣诞派对的渴望。"（他可能是指克拉吉的家庭大派对，而书中最为"激情"的场景是之前的费昔威家的圣诞派对，派对上"舞蹈一个接着一个，玩了几把罚物游戏，又跳了几支舞；有蛋糕、尼格斯酒、一大块冷烤牛肉、一大块冷冻猪肉，还有果肉馅饼以及喝不完的啤酒"。费昔威太太被费昔威先生领着在舞池中不停地旋转，费昔威先生穿着长筒袜的两条小腿

"像两个月亮，照耀着舞池里的每个角落"。）

11月25日，他给好友玛丽昂·埃利写信，为同样的原因道歉，这次是因为未能回复朋友的来信："请原谅我未能回复您的亲切来信；从早到晚，我一直在忙着写圣诞小书；除此之外真没有时间顾及其他。"他曾向小说家同行爱德华·布威·利顿（他的小说《保罗·克利福德》中的一句"那是一个漆黑的暴风雨夜"成了现在的流行语）透露说："《圣诞颂歌》是我刚想到的一个小说创意，它占据了我所有的精力，猫头鹰不出巢，我就绝不出门。我现在过得如同一位隐士。"

狄更斯苦心孤诣，11月底完成了手稿，距动笔写不到六周的时间。《圣诞颂歌》虽然对写作的周期要求很高，但书稿的字数不多，连之前连载二十期作品的四分之一长度都不到。这是狄更斯首次一次性完成整个项目，他很享受这种"奢侈感"，用不着写连载，也不用一边写一边被评论家评头论足。他虽然心存顾虑也背负着压力，但是外面人（柯勒律治把那些不被欢迎却去拜访艺术家的人称作"庞洛克来的人"）的干扰要少得多。

最后，狄更斯作了几处明智的修改，比如最后一段写得言简意赅，他把该段首句原本语气平淡的"他从未和幽灵们有过进一步交流"改为"他跟幽灵们不再有往来"。这一句描写的是斯克掳奇，改后语气更坚决，与全文风格相吻合。完成后，狄更斯大笔挥下了"大结局"几个字，并在这几个字下面划了三组双下划线作为强调。

紧接着，狄更斯就开始启动图书的实际制作。他和利奇一道审阅每幅插图的初稿，发现有个地方利奇把圣诞鬼魂的袍子画成了红色。狄更斯礼貌地请利奇把它改为绿色，因为文中对颜色交待得很清楚。

利奇本人就是个精益求精的画家，他担心给蚀刻画着色的工人用色浮夸。狄更斯对这位插画家的工作甚是满意，安慰他说："是你在潜意识里夸大了上色工人的错误，这些颜色放在整洁的书上的效果会比你想象的好很多。"

　　狄更斯对紧张兮兮的利奇的工作非常支持，他还要操心项目的各个细节，直至完工。除了利奇的调色板和木刻版画，封面他要求用亮红和亮绿色，手绘扉页用绿色与封面搭配。12 月初，他拿到查普曼和霍尔匆忙印制的正式出版前的样书的时候，大失所望。绿色的标题在他看来并不鲜艳，扉页上的手绘已经脱落，污迹斑斑。他发现查普曼和霍尔或许是为了延长图书的上架时间，把出版时间写成了1844 年。

　　狄更斯马上把日期改回到 1843 年——他们脑子里究竟在想些什么，并下令把扉页的颜色改为黄色，这样就不用手绘了。他还把标题页的颜色改成了红蓝色，副标题页的颜色改为蓝色。尽管时间紧、任务重（导致印出来一些很奇怪的版本，因为弄混了狄更斯的指令），印刷商还是成功地在 12 月 17 日把书印了出来。12 月 19 日，狄更斯有 6 000 本他的"小颂歌"——书的封面印成了赤褐色而不是亮红色——终于可以入库销售了。

9

  《圣诞颂歌》的情节并不复杂，讲的是一个叫埃伯尼泽·斯克掳奇的吝啬鬼被纠缠的故事：斯克掳奇在圣诞节前夕被他死去合伙人的鬼魂，以及过去、现在和未来三位圣诞幽灵找上了门。这个构思对于作者来说并非空穴来风，因为狄更斯一直非常喜欢圣诞节："我总把它当作……在漫长的一年之中，只有在这个时节，"[1]故事开始的时候斯克掳奇的外甥弗雷德说道，"男男女女才似乎不约而同地把他们那紧闭的心房敞开，把那些比他们卑微的人真的看作是走向坟墓的旅伴，而不是走向其他路程的另一种生物……它的确给了我好处，"他继续道，"而且以后还会给我好处；所以我说，上帝保佑它！"

  尽管这些话出自小说中的一位人物之口，但是毫无疑问这些情感出自作者本人。狄更斯在之前的作品中表达过类似的情感，有篇短文描述了一个幸福的圣诞家庭聚会，聚会完大家的新仇旧恨都烟消云散。这篇文章的标题是《圣诞庆典》，最初于 1835 年刊登在《贝尔在伦敦的生活》一书中，后来收录在《博兹札记》，更名为《圣诞晚餐》。

  "那人真是愤世嫉俗，每年的圣诞节激不起他心中一丁点儿的快乐，唤不醒他脑海中一丝美好的联想"，文章开篇写道。如果说这个厌世者的形象是斯克掳奇的化身的话，那么在短文的后半部分我们还能找到一个无辜的孩子夭折的描写：

  "看看你孩子坐在火炉边脸上洋溢着的快乐（如果你有儿女）。火

---

1 本文援引《圣诞颂歌》的几处均采用汪倜然先生的译本。

炉边空了一个位置，小小的身板不在那儿了，它可是父亲的心头肉、母亲的骄傲啊！"

"不要活在过去；别回想过去短暂一年中发生的事：爱子已化作尘土，可他曾经就坐在你面前，脸上洋溢着蓬勃的朝气，眼中透着孩子的快乐天真。想一些开心的事情……不要沉湎于过去的不幸……酒杯倒满，面带笑容，心存感激……你的圣诞节一定要快乐，你的新年一定要幸福。"

1836 年，在圣诞节那期《匹克威克外传》上，狄更斯还写了个短篇，题为《偷教堂司事的精灵们》，描写一个掘墓人受到一群精灵的捣乱，后来改过自新的故事。主人公格鲁布"心肠坏，脾气犟，待人恶，他生性阴郁、孤僻，除了自己他和谁都无法相处，他把一个旧柳条瓶装在肥大的马甲口袋里"。唱颂歌的顽皮孩子会被他用手指头敲得脑袋叮当响，他就是这种人——过节的时候，墓地抬来了一副灵柩，竟令他高兴了起来："圣诞节棺材！圣诞节礼盒！哈哈！"

格鲁布被精灵神秘地领到了一些地方，让他亲眼见见生活中不幸的人，看到了有家人如此悲惨："长得最好看、排行老小的孩子躺在床上，奄奄一息"，他开始认识到自己的错误，"他看到勤劳工作却只能勉强度日的人，他们生活过得快乐而幸福……而他意识到，像他这种对他人的幸福咆哮发怒的人，其实是这个美妙世界上最丑陋的杂草。他顿时醒悟，明白主导这个世界的终究是善，值得尊敬"。

这则寓言故事在狄更斯七年后的作品中没有留下太多的痕迹，但它恰恰证明《圣诞颂歌》的基本情节孕育良久。寓言中荒诞、刻薄的幽默感使得后来斯克掳奇的吝啬鬼形象显得更加生动有趣。一个暴脾气的人竟然对着棺材大笑，把它当作"圣诞节礼盒"，这样的描写非常精彩。

在《圣诞颂歌》中，我们发现了同样的写法，却有了更大的进步，厌世者对仁善勃然大怒，公开诅咒庆祝圣诞节的人："如果我的愿望能够实现的话，"斯克掳奇对他的外甥说，"凡是跑来跑去把'快乐的圣诞节'挂在嘴边的痴子，都应该把他跟自己的布丁一起煮熟了，再给他当胸插上一根冬青树枝，埋掉拉倒。他活该！"当他可怜的外甥祝他圣诞快乐时，他却回答："呸！胡闹!"这一表述流传至今。

介绍这则故事显得画蛇添足（有位评论家说道："假如今天我们把每一本《圣诞颂歌》的书都销毁，明天它就能被重写出来，因为很多人能把故事背出来。"），但仍有必要描述一下狄更斯在黑暗的伦敦街头散步时，脑中的思绪是如何汇聚发展的。

故事的主角埃伯尼泽·斯克掳奇年岁已高，是个单身汉。他被兴奋的外甥弗雷德拉着在斯克掳奇和马利账房里攀谈了几句后，准备起身回家。圣诞节前夜大雾紧锁，热闹非凡。这时他被一个为穷人慈善募捐的人拦住了：

"成千上万的人缺乏日用必需品；几十万人缺乏生活福利上所需要的东西，先生。"这个肥头胖耳的绅士对斯克掳奇说。

"难道没有监狱么？"斯克掳奇问他，"还有贫民习艺所呢？现在还办不办？"

斯克掳奇用一连串的这种问题打发走了这个做慈善的人之后，继续往家赶，走到门阶上，期间并没发生什么事，但他惊愕地发现家中的门环突然变成了死了几年的合伙人雅各·马利的脸——看上去带着"一种惨淡的亮光，好像黑暗地窖里的一只腐烂的龙虾"。

这一幻象过去后，斯克掳奇依旧往里屋走，但当他在用燕麦粥晚餐的时候，整个马利的鬼魂出现在他面前。马利对将信将疑的斯克拎奇解释道，他犯了贪婪罪，被判了刑，死后的七年他一直游荡在人间地狱，马利还告诉他，他走后会有三个幽灵找上门来。

"如果没有他们来找你，"马利对斯克拎奇说，"你就别想能逃避我所走的道路。"他说第一个凌晨一点钟到，斯克拎奇自然想早点了事，问能否三个幽灵一道来，这时马利不见了踪影。

斯克拎奇愣在了一边，心想马利的出现不过是一小块未消化的牛肉或一块没有煮熟的马铃薯导致的一场噩梦，可他真的在指定的时间醒了。有个幽灵一会儿幻化成小孩的形象，一会儿又变成了老头子，领着斯克拎奇游历了过去。他回想起自己没有朋友的童年生活，有天晚上，他被抛弃在破旧的校舍里，只能与书上的文字为伴。

他深爱的妹妹很久以前就去世了，短暂出现在他面前后就消失了，梦境随后切换到了仓库，这里有斯克拎奇的第一任雇主费昔威。库房里的工作都被搁置在一边，因为马上要办一个盛大的圣诞派对。斯克拎奇仍沉浸在费昔威的圣诞热情中，却又被带进了另一段回忆，他这辈子唯一的恋人要同他解除婚约：她知道有个竞争对手已经取代了她的地位。斯克拎奇问她是谁，她掷地有声地回答："金钱。"

过去圣诞之灵之旅的终点站是带他匆匆看了眼木已成舟的事情——前未婚妻，现已为人妻，圣诞前夜，家里一大群热闹的孩子，快把屋顶都掀开了，性格温和的丈夫回到家中说，今天他遇见了她的旧友斯克拎奇——斯克拎奇的合伙人躺在床上快死了，他孤身一人坐在账房里很是可怜。

这些过往之事让斯克拎奇无法忍受，他怒气冲冲，同幽灵扭打起来——"放开我！带我回去。不要再跟我作祟了！"——接着他发现自己突然又躺在了床上。

这一折腾使斯克拎奇筋疲力尽，他显然睡过了圣诞节这一天，在次日凌晨一点钟醒来。此时的他已准备好接受任何惊吓。有了之前发生的一切，现在"从一个小娃娃直到一头大犀牛之间，无论什么东西出现都不会使他太惊骇"。

因此，当卧室有声音呼唤他时，斯克掳奇毫不犹豫地从床上爬了起来。他打开卧室的门，发现原本简朴的卧室变成了名副其实的圣诞森林，布满了圣诞饰品，原来的壁炉炉火微弱，现在火焰冲天，一个快活的圣诞维京幽灵坐在宝座般的一堆食物的顶上，有烤野味、烤火鸡、鹅、乳猪、布丁、馅饼和蛋糕。

现在圣诞之灵戴着花环，身穿皮毛镶边的绿色长袍，领着斯克掳奇游览了挤满人的伦敦节日街道，最后来到他的办事员——鲍勃·克拉吉的家。这家人虽贫穷，但懂得感恩，有瘸腿的小丁姆和他的兄弟姐妹，一家人正享用大餐，有鹅、苹果沙司、土豆泥、肉酱，还有一个布丁，"像一颗颜色斑驳的炮弹似的……顶上装饰着一根圣诞节的冬青树枝"。

斯克掳奇亲眼目睹了克拉吉和他饱受折磨的儿子之间温馨的父子情，颇为感动，竟开口问幽灵小丁姆能否活下去。他被克拉吉打动了——当他妻子骂斯克掳奇是个"叫人讨厌、小气刻薄、无情无义的人"的时候，他温和地谴责她。之前我们看到这位职员想从老板那儿多撬一块煤添在办公室的火炉里都被他断然拒绝。

这些人物令斯克掳奇动容，虽然他们家并不宽裕，衣衫褴褛，"但是他们全都快乐、感激，彼此很亲切，并且对目前的景况心满意足"。当这些景象逐渐消失时，斯克掳奇"把眼睛一直看着他们，尤其是看着小丁姆，一直到看到最后"。

现在圣诞之灵之旅的最后一站是一个聚会晚宴，正是斯克掳奇的外甥前天见面时请他参加的聚会。这次是外甥为斯克掳奇和他臭名在外的铁石心肠辩护，反驳一群人对斯克掳奇的诋毁和嘲讽。他的叔叔不能领悟节日精神确实是件憾事，他的外甥承认，但又马上补充道：
"我替他难过……他这种恶劣的脾气究竟使谁吃亏呢？总还是他自己吧。"

现在圣诞之灵之旅本可在一片淡淡的祥和气氛中结束，但斯克拨奇发现好像有只脚爪从幽灵的袍子下面伸了出来。看到斯克拨奇一脸的惊讶，幽灵掀开了袍子，露出了蜷缩在一起的一个男孩和一个女孩："面黄肌瘦，衣衫褴褛，怒容满面，形如恶狼……本来是天使们在宝座上受人膜拜的地方，如今却潜伏着魔鬼们，他们正用威胁的眼光在瞪人。"

斯克拨奇对这两个孩子的来历很好奇，为了解答他的疑惑，幽灵回答说："他们是人类的……这个男孩名叫'愚昧'，这个女孩名叫'贫困'。你要谨防他们俩，以及所有他们的同类。"

斯克拨奇回瞪了一眼这些萨福隆山学校孩子的化身。"他们难道没有避难的地方或者办法吗？"他嘀咕着。

"难道没有监狱吗？"幽灵嘲讽地回应，"难道没有贫民习艺所吗？"斯克拨奇还没来得及回答，午夜的钟声响了，现在圣诞之灵就不见了。

最后一个幽灵是未来圣诞之灵，比前两位更吓人，是坟墓里的生物，他"像一阵雾似的"滑向了斯克拨奇，裹着脸，只用一只鬼手交流。这个不祥的生物领着斯克拨奇在伦敦街道上穿梭，首先是一小群人用冷冰冰的口吻讨论一个刚死掉的同事，不知是谁，但他们都很不情愿参加此人的葬礼，当然，除非"提供午饭"。

裹着脸的幽灵又把斯克拨奇带到一个阴森的墓地，一个打杂的女工从她之前的雇主那儿拿了一堆床单来典当。"哈哈！"当公墓管理人为她的劳动付钱时，这个女人笑了起来："你们瞧，今儿这个就是他的下场！他活着的时候，把每个人都吓得从他身边跑开，他死掉之后，倒使我们得到了好处！哈哈哈！"

虽然斯克掳奇渐渐明白，"这个不幸的人的遭遇，可能就是我自己的遭遇"，虽然他看见废弃的卧室里一具用毯子包裹的尸体，但这些尚不足以彻底打消他的困惑。他恳求幽灵指给他看伦敦城会不会有一个人悼念这个人的死亡，斯克掳奇得到了允许，他看见一对夫妇在哀哭，因为他们的债主死了，可丈夫还没来得及恳求他免去债务。

这最后一次幽灵之旅的高潮是去克拉吉家，鲍勃刚从小丁姆的墓地回来。他让自己平静下来，告诫家人一定要以性格温和的丁姆为榜样。"我的亲人们，我们自己中间决不会轻易争吵起来，吵得忘掉了可怜的小丁姆的。"克拉吉说。孩子们保证决不这样做。

现在全家人泪眼婆娑，克拉吉努力劝大家不要哭。"我高兴极了，"小鲍勃说，"我高兴极了！"一家人把可怜的父亲紧紧抱住。

未来圣诞之灵立刻就把斯克掳奇抓走了，带他快速地穿过大门紧锁的办公室，进入教堂的墓地，来到一块墓碑前。如果说之前谜底仍未能揭晓的话，那么在此地就要真相大白了。这个吝啬鬼杵在那儿惊讶地读着墓碑上刻的名字，正是埃伯尼泽·斯克掳奇，那一刻他醒悟了，转身哀求他的引路人给他一次改过的机会。

"啊，告诉我，我还有可能擦掉这块石头上的字迹！"斯克掳奇哭喊着。他一把抓住幽灵的手，紧紧抓着，苦苦祈求……醒来发现自己抓的是他床上的木柱子，白天的阳光充满了房间，他之前看到的在墓地里被典当的床单依旧在原位。

斯克掳奇气喘吁吁，跑到窗户边，把头伸出窗外，喊街下面一个卖货的小男孩。今天正是圣诞节啊，男孩肯定地对他说。斯克掳奇惊讶地发现，幽灵们只用了一个晚上的时间就把他们的工作全部完成了。他欣喜若狂地发现自己还活着，他派男孩到鸡鸭铺买只火鸡——"不是那只小的特号火鸡，是那只大的。"把这个东西送到克拉吉家，它可"有两个小丁姆那么大"。

他以最快的速度修面穿衣，走在街上，遇到他昨天冷脸回绝的做慈善的人。他对着绅士的耳朵说了一个大致的捐款数额，让这个受到恩惠的人惊讶得目瞪口呆。

告别他之后，他去外甥家参加晚宴，度过了一段快乐的时光，然后回家好好睡了一觉。翌日清晨，他很快来到了办公室，等着鲍勃·克拉吉的到来，克拉吉进门的时候紧张得浑身是汗，"他足足迟到了十八分半钟"。

"我再也容忍不了这种事情啦，"斯克拢奇对胆战心惊的克拉吉说，然后高兴地拍着他的后背，"我要给你加薪水，并且要尽力帮助你那艰苦奋斗的家庭。让咱们就在今天下午，边喝着一碗圣诞节的热气腾腾的'必歇浦'[1]，边谈你的事儿。鲍勃！快把炉里的火加加旺，赶快先去买一桶煤来再动笔写吧，鲍勃·克拉吉！"

之后，人们谈到斯克拢奇都说他最懂得过圣诞节："如果现在世上有什么人懂得怎样过好圣诞节的话，那就要算是他了。但愿人们说我们也正是这样，我们大家都是这样！因此，正如小丁姆说的：上帝保佑我们，每一个人！"

总而言之，《圣诞颂歌》是一篇毫无遮掩的道德寓言，重申了狄更斯作品的永恒主题：愚昧和贪婪必遭报应，乐善好施，家庭团结，以及生命中庆祝的重要性，如庆祝美食和幸福的陪伴带来的快乐。诚然，狄更斯在某些方面重复了他之前作品中的一些观念。

1　一种用葡萄酒、橘子或柠檬、香料和砂糖混合制成的饮料，加热后饮用。

但除此之外，这本薄薄的小说胜在了故事细节，小说被许多评论家誉为狄更斯"最完美"的作品。《圣诞颂歌》里出现的不再是一个卑劣的掘墓人，而是个值得尊敬的有钱商人。埃伯尼泽·斯克掳奇不是被嫌弃的酒鬼，而是经济繁荣的象征。狄更斯不再给父母们一些似是而非的建议，不再在圣诞节这天安抚他们的丧子之痛，而是描写克拉吉的家人在失去小丁姆之后的生活场景，令人心生怜悯，然后又立马让这个瘸腿的孩子活了过来。

另外，纠缠他的幽灵并非摘自一些熟悉的神话。圣诞三灵组合的构思非常独到，他们出现在斯克掳奇去世的合伙人马利的鬼魂之后，对他们似人非人的外表描写得很有感染力。马利看上去和生前差不多，除了"他的身体是透明的，因此斯克掳奇在注视他时，能够透过他的背心，看见他上装背后的两颗纽扣……〔斯克掳奇〕感到他那死亡般冰冷的眼睛阴气袭人，而且注意到那条围住他脑袋和下颌的围巾是什么质料（这条围巾他以前从没看见过）"。

为了防止这些恐怖描写让他的作品背上传奇剧的骂名，狄更斯巧妙地插了一句讥诮的旁白："斯克掳奇常常听到人家说，马利是没有肚肠心肺的，他以前一直不相信，但是现在亲眼看见了。"

这种智慧悄然融入整部作品之中，可以让挑剔的读者紧跟这位伤感主义者，津津有味地读完全文。（难怪当代对这部小说有一个饶有趣味的解读是出自喜剧家、尖锐嘲讽大师乔纳森·温特斯。）

只有最铁石心肠的人才会和斯克掳奇一样，不为克拉吉一家的困境和小丁姆的坚韧而动容。除了这些描写，小说中还有另外一些精彩的片段，足以说明狄更斯的才华不仅在于他是一位追求文体的作家，他同样也是位编剧大师。

作者这样来描写斯克掳奇昏暗的别墅里巨大、响着回声的楼梯："你也许会含混地谈到，驾一部六匹马的大马车，驶上一道古老的楼梯，或者冲破国会里新通过的一道坏法案[1]；但是我的意思是说，你大可以把一辆枢车驶上这道楼梯，而且是横着上去，车辆的横木对着墙壁，车后的门对着栏杆，而且可以轻易地做到这一点。那楼梯的宽度足够让人这样做，而且地位还有多余；也许就是因为这个缘故，斯克掳奇才自以为看见一辆机动枢车，在幽暗中在他面前行驶着。"

　　这种节奏、细节和不露声色的幽默以及作者穿梭于真实和虚拟之间的游刃有余，有时却不能为现代读者所领悟，因为他们仅从戏剧改编中了解到《圣诞颂歌》，其中作者描写的声音被摄影机或布景设计师的视野替代了。但正是这一写作特点让图书对读者产生了难以抗拒的魔力，其效果不亚于任何高尚和高贵的情感。恰在这些细节中，我们能找出埃伯尼泽·斯克掳奇反常的利己主义历经历史长河流传至今的原因，也会明白为什么加布里埃尔·格鲁布虽从同一块主题布上裁剪而出，却行而不远。

1　驾一部六匹马或四匹马的马车冲破新法案是一句谚语，意思是像驾着一部大马车一样横冲直撞，对国会刚通过的法案加以破坏。意指新法案往往不够完善，有很大空子可钻。

10

尽管在现代人眼中《圣诞颂歌》有诸多优点，而且狄更斯本人对小说的影响力也信心满满，但随着出版时间的临近，他至少有两点需要担心：其一是圣诞节的地位，其二是他所处的财务困境。

首先，在 1843 年圣诞节根本不像今天是最重要的节日。在今天，圣诞故事、圣诞怪杰、圣诞精灵和圣诞老人无所不在，"圣诞商店"里一年四季都装饰成圣诞节，营销活动有时早在 10 月中旬就开始了，据说这决定了零售商一年生意的好坏。

1843 年的英格兰没有圣诞卡片，皇家住宅或白宫没有圣诞树，没有圣诞火鸡，没有百货商店里的圣诞老人和数以百万计模仿圣诞老人的人，没有不绝于耳的"圣诞问候"，没有持续一周一直到新年的休假，没有大规模的礼物交换，没有遍地皆是的耶稣降生场景的公开演出（或由此引起的法庭纠纷），没有精心准备的节日灯光秀，没有铺天盖地的庆祝救世主诞辰的午夜仪式。虽然狄更斯热情高涨，但事实上这个节日只是一个不太重要的节日，地位远不如复活节，也没有今天的美国阵亡将士纪念日和圣乔治日的影响大。在较开明的圣公会教堂眼里，所有庆祝圣诞节的做法都带有一些反基督的性质，如果当地还有清教徒，他们承认这个节日可能会让他们受手枷之刑。

事实上，在定居新英格兰前两个世纪的绝大部分时间里很少有人庆祝圣诞节。研究圣诞节的学者斯蒂芬·尼桑博姆指出，自 1659 年至 1681 年间，马萨诸塞州殖民地的法律文书中有一条法律禁止庆祝圣诞节，任何人庆祝圣诞节都将被抓，并被处以 5 先令的罚款。坐下来和土著人一道享用感恩节大餐是完全可以接受的，但当总督威廉·

布拉德福德发现一些清教徒移民同胞们在抵达后的那年开始庆祝圣诞节，他取消了庆祝仪式，命令每个人回去工作。

清教徒如此憎恶这个节日，部分原因在于圣诞节源于罗马时代的异教徒庆祝仪式。其实，基督教教义中并未指出耶稣的出生日期是12月25日，就连具体是哪个月都未记载。圣路加[1]说："今天你就诞生在大卫城，生来就是救世主。"但未提及究竟是哪一天。此外，正如气候学家所指出的，沙漠高原区的天气状况在当时和现在一样，牧羊人不大可能会在12月底寒冷刺骨的夜里在外面照料羊群，因为晚上的低温常在冰点以下。

在起初几百年的基督教风俗习惯中，虽然教徒会在最神圣的日子复活节这天祭拜耶稣之死和耶稣的重生，但没有人庆祝救世主的诞辰。教皇朱利叶斯一世在公元4世纪规定12月25日为正式的耶稣诞生日。学者们认为他选这个日期是想通过借助古老的农神节激发的节日情感来吸纳更多的基督教会员。罗马人每年庆祝农神节，祭祀庄稼之神。农神节在冬至（冬至一般在每年的12月20日至23日之间）的前一周开始，持续一整个月，罗马人在农神节彻底颠覆了平常的生活，狂饮、豪吃、不上班、不上学，政府交给农民管理，奴隶得以从奴隶主那儿解放出来。

创办圣诞节（该词源于"解散"或"节日"，即"基督弥撒"），以及第一次正式庆祝耶稣诞辰的决定令教会喜忧参半。确实，很多异教徒发现新教接受了他们的传统习俗，很吸引人，教徒登记人数大幅增长。而另一方面，教会领袖发现新的圣诞节庆祝活动经常会失控。在近代早期的欧洲，一天的宗教仪式一结束，做礼拜的人理所当然地认为应该去纵酒狂欢，尤其是那些被剥夺选举权的阶层。

1　圣路加，福音传道者，一直被认为是《圣经·新约·福音书》第三部分的作者。

一个没有特殊社会地位的年轻人会被选为"无序之王"，还给他物色个一日之"妻"。狂欢的人会迫不及待地执行他异想天开的命令，尤其一些对他们主人恶作剧的指令。一大群穷人和生活不幸的人会聚在有钱人的门口，要吃要喝。

后来，一些惯例经过修改融入了英格兰节礼日[1]的习俗中。这天，上层社会的人打包一些不需要的物品和衣服作为过年的礼物送给仆人。尼桑博姆指出这个习俗流传至今——英国军队的军官必须要招待他们的士兵享用圣诞大餐。在大西洋的彼岸，万圣节变成了这样的日子：在这一天，每个人都有权利砰砰地敲任何一家的门，向屋里的人要礼物。一些流行杂志在 12 月这期会刊登《小费指南》，给大家提供一些给小费的参考，以免在新的一年里受到报童、美甲师、理发师的嫌弃。

但到了 17 世纪早期，英格兰"圣诞节恪守者"的无节制行为愈演愈烈，像"角色扮演"之类的习俗变得越来越普遍。其中一个习俗就是角色扮演的男男女女对节日的疯狂习以为常，他们交换衣服，挨家挨户串门，中间会发生我们能想象到的脱衣服和穿异性服装的事情。这种放荡不羁的行为令圣公会的教徒感到不齿。纽卡斯尔市的亨利·伯恩牧师对此深感焦虑，在他眼中圣诞节是"酗酒、骚乱和淫乱的伪装"。在美国波士顿，清教徒科顿·马瑟持同样的论调，他的愤怒超越了理性，影响到塞勒姆的女巫审判案，他补充道："基督教的圣诞节是在狂欢、掷骰子赌博、打纸牌、戴上面具角色扮演和所有不受约束的淫乱中度过的。"

生活不幸或品行不完美的人偶尔想发泄一下，这是他们的切实需求。然而，伯恩、马瑟这种教会领导人却不予理睬。初冬时节，葡萄

---

1 节礼日是英国和部分英联邦国家的法定假日，在圣诞节的次日，如遇星期日则推迟一天。按照习俗，这天人们会向雇员、仆人、邮递员等赠送匣装节礼。

酒和啤酒都发酵好了，盛杯待饮，此时不用担心家禽野味会腐烂变质，都能放心宰杀。这帮教会领导不会对此情此景置若罔闻吧。老百姓辛苦劳作了一年，就为有口饭吃，他们渴求得到恩赐，能胡闹一下。这种诉求难道过分吗？

但在伯恩、马瑟和那些对圣诞节的习俗持同样观点的人的眼中，局面变得不受控制。圣诞老人本是圣诞节的友好象征，现在被画成了一幅亵渎卜帝的画像；教徒同胞们的七情六欲本是人性的一部分，却变成了彻头彻尾的兽欲。若不加以控制，这些欲望会使人的道德和精神堕落。圣诞节在当时被描绘成"疯狂不羁，狼餐虎噬，豪饮无度，纵欲淫荡和狂欢无度"，因此，必须予以控制。

17 世纪中叶，奥利弗·克伦威尔和他的清教徒支持者们掌管了英格兰的政权，他们誓要清除国家中的罪恶和过激行为。比如，装饰华丽的大教堂不再被视为上帝权威的象征，而被看作人类虚伪的庙宇。冗长的季节庆祝导致节假日出现，它们只会阻断教徒的虔诚，必须废除。要更加有效地维护人和造物主之间合乎体统的关系，就必须不间断地日复一日、周复一周地强调每个人的行为和责任。该惯例需要贯穿至每个安息日，由马瑟这样严厉的教会领袖在实用的"新教徒礼拜会所"执行，因为礼拜会所能尽可能地消除杂念。

因为圣诞节完全是"肉体和肉欲之欢"，议会于 1644 年通过法规：12 月 25 日至此改为斋戒和忏悔日。这项立法导致社会的不满，英格兰的偏远农村甚至出现了暴乱，但这一禁令直到 1660 年查尔斯二世复辟、恢复了君主立宪制后才被解除。

17 世纪英国的圣诞节比较惨淡，但在当时的美国，圣诞节的境遇更为糟糕。清教徒非常极端，把一周的名字，如星期四（托尔日[1]）

1　托尔，主雷、天气、农业和家庭生活的神。

和星期六（萨图恩日[2]）从日历上清除了（以简单的数字取而代之），因为它们有异教的联想。虽然只有马萨诸塞一个殖民地将过圣诞节视为违法行为，但是整个新英格兰地区都没有教会或国家组织的正式的节日庆祝活动。

尼桑博姆指出，所有的殖民地历史记载中只有一起违反马萨诸塞法令的藐视法律案件。1679年，四名从塞勒姆村庄来的年轻人，当他们唱着圣诞颂歌向果园庄主约翰·罗登讨一杯他酿制的香醇的梨子酒时，被他轻蔑地拒绝了。他们唱完颂歌后，有个人对罗登喊道："你觉得我们的颂歌唱得怎么样，老先生？难道不配一杯梨子酒吗？"

"我一点儿都不觉得好，"罗登回答道，又补了一句，"请滚开。"

他的这句话引发了骚乱，袭击者们用"石头、骨头以及其他杂物"砸向他和他的房子，骚扰持续了一个半小时，"把几个地方的画砸倒了"，偷了储物间里几蒲式耳[3]的苹果，把一段很长的围栏推倒了。尼桑博姆称这起案件为"一场变味的纵酒狂欢"。

虽说这起告上法庭的案件实属罕见，但很快就出现了越来越多的人不遵守那些反圣诞节的法律。随着时间的推移，英国人和殖民地的人明显意识到圣诞禁令不过是效力有限的一纸公文。1684年，清教徒统治马萨诸塞殖民地的宪章被宗主国推翻，取而代之的是圣公会信徒埃蒙德·安德罗斯领导的新政府。安德罗斯的新政之一是只要任何个体或组织愿意，他们可以庆祝很多季节性节日，包括圣诞节。

但在英国和许多殖民地，这些庆祝出现了一个新的关键词："克制"。马瑟和后来的追随者们要不是因为有人借机做"有伤风化的事情"，他们很可能不会反对庆祝圣诞节，虽说这个节日并非源自基督

2　萨图恩，农神。
3　蒲式耳，量干货的单位，相当于35.2升。

教的正式规定。18世纪中叶，年历制定者们，诸如纳撒尼亚尔·埃姆斯[1]和本杰明·富兰克林同意庆祝圣诞节及类似的季节性节日，只要不走极端。同时，《海湾圣诗》被两个新的版本替代，新版中包含了圣诞赞美诗。《海湾圣诗》是《圣经·旧约·诗篇》的译本，为英国的大多宗教团体所使用，其中并未包含耶稣诞生的内容。

在英国，查尔斯二世虽已重返王位，但人们对克伦威尔及其圆颅党人节日政策的强烈抵触却日渐式微。启蒙思想深入人心，削弱了人们对所有主观的信仰体制、传统宗教和异教惯例的忠诚度。怀疑渗透进了现代人的思想。清教徒的根基已开始摇摇欲坠，谁还会信宙斯和提坦巨神们[2]的权威，更别提圣诞老人了。

"启蒙"人士非常理性，他们不感情用事，不会找一个异教的习俗作借口，花近一个月的时间纵酒、纵欲。塞缪尔·佩皮斯的日记表明，虽然圣诞节在1660年帝国复辟后又回来了，但它不再是狂饮作乐的借口。佩皮斯记叙了他在圣诞节前夜工作至深夜，圣诞节仍在工作，早晚参加了教堂的仪式。他吃了圣诞大餐，有烤小母鸡、"一份甜美的梅子布丁"、一块羊腿和果肉馅饼。

佩皮斯日记中最著名的记载是1665年的大瘟疫和1666年的伦敦大火，他写的日常生活也是研究这一时期举足轻重的历史文献。佩皮斯直言不讳，提到了他和女仆们的越轨行为，但他并没有把这些事归在圣诞节名下。他提到参加了一个圣诞节狂欢活动，活动的历史可追溯至王政复辟时期，但已经"貌合神离"了。这项活动叫"室内游戏"（又名"蚕豆和豌豆"），客人们抓阄决定谁当某个王室成员，在晚上演出时表演抽到的角色。

1　纳撒尼亚尔·埃姆斯（1708—1764），美国人，内科医生。自1725年起出版了一系列新英格兰年历，广受欢迎，畅销半个世纪。
2　提坦巨神，奥林匹斯山众神之前的诸位老神。

圣诞剧出现在了业余剧场上，它保留了化装舞会的一些风俗。圣诞剧多数是即兴表演，演出的场所有酒吧、大街和私人家里。圣诞节的演出常年可见，有的是"化装表演者"，有的是身穿演出服的表演者，一到圣诞节，演出就更加密集。大多演出以圣诞老人为主题。这些戏剧没有留下手稿，现代学者罗德里克·马歇尔仿写了一个剧本，再现其概貌："我进来了，雌马鹿在前，我先打开了你的门……不管你欢不欢迎，我希望圣诞老人不会被遗忘。"这是开场白，继而，大家熟悉的人物形象就开始哀叹自己悲惨的命运，并提醒观众："圣诞节一年就一回。当它来到时会带来快乐，还有烤牛肉、梅子布丁、浓烈的艾尔啤酒和肉馅饼，有谁比我更喜欢圣诞节呢？"

著名英国演员西蒙·卡洛在《狄更斯的圣诞节》一书中，把圣诞剧中的圣诞老人形象描述为现代圣诞老人的原型：和现在的圣诞老人一样，都是典型的胖乎乎的，背上和肚皮上塞满了稻草，虽然年岁已高、满脸胡须，但精神抖擞。他与现代圣诞老人的区别在于他别着一把剑，拖着一个尾巴，这些特征表明了他源自中世纪道德剧中的恶魔形象，出自恶魔的前身潘，潘是异教神话中的好色之徒。

清教出现之前尚有一些圣诞习俗流传了下来，但到了18世纪晚期，则很少见到之前的圣诞传统。之前的圣诞节依附于虔诚的宗教信仰，庆祝活动大多在公众场合举办，很少在家里，几乎没有在家庭生活中普及。有一些"老"传统流传了下来，但仅限于英国的乡村和偏远地区，因为那儿没有启蒙思想的影响，普通百姓也不急于摆脱宗教信仰和迷信。

有文学家认为现代社会需要重新审视这些圣诞传统，当今世界追逐发展和金钱，已变得愈发乏味、呆板，没有了灵魂。苏格兰作家沃尔特·司各特爵士出版了《威弗利》（1814）、《罗布·罗伊》（1818）和《艾凡赫》（1819）等历史浪漫小说，重新燃起了国人对传奇历史和英雄主题作品的兴趣，司各特的贡献举足轻重。现代读者可能认为这些作品写得有点笨拙、矫情，但在当时却非常流行。1832 年司各特的去世在大众意识中留下了一片空白，等待像狄更斯这样的人来填补。

美国作家华盛顿·欧文与司各特身处同一时代，大抵在同时，欧文也致力于点燃人们内心深处的热情。美国第二次独立战争后，欧文搬到英国，力图挽救家族财产。1815 年至 1832 年间，他一直待在欧洲，游历欧洲大陆的各个角落，写出了一系列的故事、评论和杂文，把当地的习俗、传说和民间故事转化为了文学瑰宝。他对美国传统民风的阐述取得了同样令人瞩目的成就。1819 年至 1820 年发表的《见闻札记》，包含了短篇小说《瑞普·凡·温克尔》和《睡谷传说》，受到大众的追捧。

欧文在《见闻札记》中谈论的主要话题之一是圣诞节，他在一章的开篇作了如下宣告："在英国最能激起我想象力的莫过于自古流传下来的节日习俗和乡村游戏，"欧文继续写道，"过往时代留下的这些痕迹，使我回想起我年少时脑海里的画面，那时我对世界的了解仅限于书本，认为这个世界只存在于诗人的笔下。这些传统让我重温了过往的真诚岁月。也许我这个想法和之前的一样都站不住脚：我不禁认为那个世界比今天的世界更有家乡味，更有社会性，也更快乐。"

欧文认为社会的发展若以抛弃人类内心的满足为代价，那么这种发展是错误的。"圣诞节的很多游戏和庆典，就像福斯塔夫[1]喜好的萨克葡萄酒一样，统统消失了，成了评论家们猜测和争论的对象。"欧文说，"它们曾在充满灵魂和欲望的时代盛行，那时人们享受生活的

---

1 福斯塔夫是莎士比亚历史剧《亨利四世》中的人物，他是王子放浪形骸的酒友，虽吹牛撒谎但又幽默乐观，虽无道德荣誉观念但又无坏心。

方式虽粗俗，但由衷地快乐，充满活力；那个时代狂野，风景秀丽，为诗歌创作提供了最丰富的素材，为戏剧创作提供了多样的人物形象和风俗习惯。"

欧文指出他们这个时代身处之地的不堪："世界越来越庸俗。生活更放荡，而快乐却越来越少。"但是我们可以通过庆祝圣诞节找到希望，因为它强调家庭之爱、礼物赠送和庆典活动。"社会各个阶层在准备圣诞的时候再次把朋友和亲戚团结到了一起；欢乐的礼物来回传递，它们象征着关爱，助人善良；家庭和教堂布满了常青树，它们是和平和欢乐的象征；这些事物有美好的联想，激起了慈悲心，效果显著。"

欧文的作品中有许多关于平安夜派对的热情描写，场景大多是舒适的乡间，提及了一些好色的蠢事。据说这些蠢事让英国每年9月的人口出生率提高不少。这些活动直到清教徒推翻王位，予以坚决禁止才结束。"圣诞节的时候，槲依旧挂在了农舍和厨房里；年轻人有权亲吻槲下的女孩，亲一次从槲上摘一颗果子；果子摘完，权利终止。"

欧文描述的圣诞节带来欢乐和促进同胞感情的观点，没有人比狄更斯听进去更多。狄更斯在一篇文章中写道，他看到一种"新的德国玩具"，即圣诞树，它边上围着一群兴奋的孩子，这使他回想起他自己童年时庆祝圣诞节的切身经历。圣诞树最初由维多利亚女王的丈夫、来自巴伐利亚的艾伯特推广而普及。狄更斯说："圣诞枝条上有我们年轻时的圣诞时光，我们是爬着这些枝条迈入了现实生活。我开始思考我们所有人记忆中最美好的是什么？"

他记忆中的童年并非都是快乐的。虽然他早期的记忆里不乏玩具，但有些玩具却给年幼时狄更斯的想象力留下了恶魔般的阴影，其中一个是玩偶盒："一个来自地狱的鼻烟盒，从里面弹出一个魔鬼模样的穿着黑袍的律师，头上长着令人讨厌的头发，红布嘴巴张得老大，这个东西令人无法容忍，却挥之不去，因为它常冷不防地出现在梦里，放大了数倍，从巨大的鼻烟盒里飞出来。"

但总体而言，圣诞节是放飞少年狄更斯想象力的时刻，正如他所说，年少时圣诞节最富有意义的"装饰物"是他能读到的书和听到的传奇故事。圣诞节在他眼里，"哦，现在所有平常的东西都变得不寻常，吸引着我。所有的灯都很奇妙；所有的戒指都成了护身符"。

从他的回忆来看，圣诞节在他艺术的成长之路上发挥了重要作用。在一年中的这个时刻，他说，"任何嵌入石头里的铁环都是一个山洞的入口，山洞等着魔术师的造访，等待着一把火和地动山摇的巫术"。

在狄更斯眼里，平庸的世界此时可放在一边，"学校的课本合上不读；奥维德和维吉尔[1]沉默不语；比例法，尽管逻辑缜密，可早被抛在一边；泰伦斯和普劳图斯[2]也失去了魅力"。

放下手中的正经事儿是有必要的，狄更斯为自己对圣诞节持久的喜爱解释道，"圣诞节我一定要回家。我们都这样做，或者说我们都必须这样做。在偌大的寄宿学校里，我们没完没了地在石板上做着算术题，我们都有或者说应该有一个短暂的假日，越长越好，能休息一会儿或让我们放松一下"。

狄更斯对圣诞节的喜爱超越了对宗教的虔诚。他对基督教救世主的慈悲形象心存敬仰，对圣诞树顶的星星喜爱有加："在圣诞节带来的每一个欢快的意象和联想中，愿驻守在穷人屋顶上的闪亮明星成为整个基督教世界的明星。"他还对圣诞树情有独钟："圣诞节虽饱受社会思潮影响，但希望我童年时代的圣诞树屹立不倒。"

1　两人均为罗马诗人。
2　两人均为罗马喜剧家。

狄更斯一定指望通过《圣诞颂歌》把自己的圣诞热情传递给读者，但有趣的是，他身为一个成人对圣诞的喜爱，却可能源自家庭破产后他所承受的苦难。结合那段经历对他童年的影响，不难想象他热情洋溢地描写一个伊甸园般的圣诞节可能是为了弥补他失去的一切。

也许狄更斯因为父亲的入狱十分痛苦，但或许同样令他痛苦的是当全家人脱离济贫院后母亲给他的建议——她对年轻的狄更斯说，尽管其余的家人自由了，但他若能继续在沃伦作坊打工或许是件好事，因为家里仍然缺钱。

家人放出来后，他确实还在那儿工作了好几个月。他工作时站在一个窗户旁边，"因为有光线"，当路人驻足看他时，他感到无以言表的悲伤和羞耻。想象有这么一天，当狄更斯朝外望时，看到了自己的父亲，站在伦敦的一个角落里，自由而轻松，在狄更斯工作时和路人一道盯着他看。

很快，狄更斯对童年不幸的态度有了转变。12 岁的男孩可能会为乔纳森·沃伦干活，逆来顺受，为的是让父亲从债务中脱身，可他已长大成人，回顾过去，感到的是一种背叛的心酸。

成年后的狄更斯开始反思，他的父亲怎么会沦入此般境地。海军的薪水当然没有贵族那么高，但约翰·狄更斯在 1820 年的薪水有350 镑，比像克拉吉这样可怜的穷人所能挣得的 40 镑左右的工资多很多，肯定能丰衣足食。不久，狄更斯意识到他的父母在整个成人阶段都没能管理好财产。除了对迫不得已而为之的生活感到耻辱外，他还对父母产生了怨恨。

福斯特指出狄更斯在创作《圣诞颂歌》时，不只遇到了自身的经济问题："除了自己家中必不可少的开销增加外，还有家庭成员常常提出的许多无法满足的诉求。这些要求既没道理又不公平，却不易逃避。"

多年来，狄更斯一直支付父母的生活开销，从父亲被关进马夏尔西监狱开始。即便这是最窘迫的一次，但它也不过是一系列财务窘况的一个开始。约翰·狄更斯宣布破产后就被释放了出来。他要上缴任何价值高于 20 镑的财产，并且承诺一旦有能力，马上偿还高达 700 镑的欠款。

结果约翰出狱不久母亲就去世了，他继承了一笔 450 镑的遗产，但即便有这样一笔意外之财，再加上随后每年 146 镑的海军退伍金，过了两年多他才还清了债务。

虽然有过牢狱之苦，但是放出来的约翰·狄更斯依然春风得意，不久就找到了第二份职业，在《英国报界》担任记者。他把查尔斯从沃伦黑鞋油作坊里解救出来，让他重返学校，再让狄更斯的姐姐范妮就读皇家音乐学院。有这样一段时间，家里的财政状况似乎处于上升期。

但是，不幸再度降临。1827 年，《英国报界》倒闭，切断了收入来源，全家人不得不从租来的房子里搬出来。15 岁的查尔斯再度失学，范妮也被迫放弃音乐学院的学习。查尔斯后来做了律师事务所的职员，范妮教学生音乐，帮助家里摆脱困境。

约翰·狄更斯继续从事之前的记者工作，靠着不稳定的收入勉强度日，部分是孩子的资助，部分是海军的退伍金，但是他于 1831 年、1834 年、1835 年遭到三次控告，这足以说明他的成年生活危机重重。

1834 年，查尔斯 22 岁，通过自身的努力开始崭露头角，从家中搬了出去。之后不久，他的收入大幅增加，足够担起赡养父母的主要职责，他的确也这样做了。但是事实证明，约翰·狄更斯花起儿子的钱和花自己的钱一样不心疼。1839 年，沮丧的查尔斯想到了一个办法。他在德文郡给父母租了一间村舍，让父母远离榨干他们钱财的伦敦商店和酒馆。约翰和他的妻子伊丽莎白一直在那儿住到 1842 年。狄更斯的父母没有严重的恶习，不赌博，不非法投资，也不贪求珠宝，可能正因为如此，狄更斯赡养父母的时候才表现出了极大的耐心。他们只是那种一周赚 7 镑要花 8 镑的人。

但到 1842 年，事态开始恶化。约翰·狄更斯开始从儿子的垃圾桶里偷手稿变卖，他还贩卖有查尔斯签名的空白文件。他竟给狄更斯的出版商和朋友写信，抱怨接连不断的财务困境，寻求贷款帮忙。"同时发生的这些状况使我陷入困境，"他给伯德特·库茨小姐的救助信中写道，"如果无法得到一笔预期的资助，我会脱不了身。"他对她说，如果他有 25 镑，事情就能摆平。

父亲的做法迫使狄更斯不得不在伦敦的报纸上登广告，宣布任何非他本人的借款，他概不负责。1842 年 4 月，他写信给律师托马斯·米顿，倾诉对父亲不负责任的愤怒，他说已决定把父母从德文郡接回来，这样他能更好地看住他们。

虽然这样做了，但麻烦仍然不断。"一想到他就使我烦躁得日夜不安，"1843 年早期，狄更斯写道，"我真不知道拿他如何是好。"那年 9 月，他自己也是前途渺茫，已不胜其烦。他父亲的做法非常过分，竟写信给查普曼和霍尔，让出版商给他买张泰晤士河的船票参观大英博物馆。要不然，"我就不得不在躺椅上再读一遍《博兹札记》打发时间了"，约翰·狄更斯抱怨说。

如此卑劣、厚着脸皮的请求让狄更斯感到的不仅仅是尴尬。他写道："他还有他们每个人把我看成了为自己谋取私利的工具，我被他们压榨得体无完肤。"这些烦心事是导致烦恼不断的狄更斯考虑逃到法国或意大利的又一原因。"想到他们我就感到心痛，"他写道，"他不负责任的胡作非为令我吃惊、不知所措。没有任何事让我如此难受过!"

全身心投入《圣诞颂歌》的创作中确实让狄更斯的精神得到了非常需要的片刻休息。他似乎通过写作使自己进入了另一个世界,那个世界的人们乐善好施,有同情心,还有他未体验过的家庭和睦。写作是他的精神食粮。目前,只有小说的销售能给他的钱袋子提供足够的"养料",他才有可能不至于崩溃。

11

"你太害怕这个世界了,"埃伯尼泽·斯克掳奇的未婚妻和他解除婚约时说道,"你所有的希望都汇成了一个希望,即不至于遭受这个世界的苛刻指责。"

多位评论家认为这个虚构的对话是狄更斯间接地对自己说的一番话,表达了他的害怕和忧虑。在外人看来,有狄更斯这般成就的人永远不会有这种担心,可他显然有普通人的顾虑。且想一想狄更斯当时艺术创造和财务状况的种种不确定,就很容易把《圣诞颂歌》解读为他自己生活的寓言:曾经功成名就,现在终于获得自我救赎的机会。

毋庸置疑,狄更斯十分清楚童年的贫穷对一个人余生的巨大影响,无论这种贫穷来自金钱还是其他。虽然威廉·詹姆斯和西格蒙德·弗洛伊德的作品要在半个世纪之后才问世,但华兹华斯的诗歌早在 1802 年就交代得很清楚了:

> 从前小时候就是这样;
> 如今长大了还是这样;
> 以后我老了也要这样……
> 儿童乃是成人的父亲……[1]

狄更斯虽算不上吝啬鬼,但从他的信件中可以明显看出他对自己的财产十分关心,赚钱对他而言可谓多多益善。关于自己贪婪的潜

---

1 杨德豫译。

质，他曾和他哥哥说过这样的观点："世上没有一个成功的人是不看重钱财的。"在制订《圣诞颂歌》的出版计划时，他也能写出这种话："我希望能从这个构思中大赚一笔。"

《圣诞颂歌》的主题之一就是贪婪，斯克掳奇得到救赎的唯一希望是要学会什么是仁慈。斯克掳奇从一个吝啬鬼变成了一个仁慈的人，懂得享受欢乐。如此情节的设计可以看作是作者从一个"理论的"角度对自己的提醒，而实际上他确实有很"现实的"考虑。他希望通过一个金钱主题的警世故事拯救自己的财务危机。

狄更斯肯定不承认有这回事。他从未当过富人，他曾写道："以前不是，以后也不会是。"他要养活妻子，四个子女，还有即将诞生的第五个孩子。12月19日早上，他写信给托马斯·米顿说，他没想过能发财，只希望事业不受影响。

"我今早看了一下财务状况，这是我近六周头一次关心这个，（吓了一大跳）我的账户已经透支了。这个月的钱我都付清了。下个月的钱还不知从哪儿来。因此，我必须期待这本圣诞节的书能销售到我提到的那个数字，这样我才能过得安稳。"

在那封信中，他请求米顿借他200镑，帮他暂时应付一些债主。在信的结尾，他吐了一肚子苦水：查普曼和霍尔并未尽图书宣传的职责。"你相信吗？除了《布莱克伍德月刊》，《圣诞颂歌》没有在其他杂志上登任何广告！"

作者这样说有点夸大其辞。事情的真相是《圣诞颂歌》的广告刊登在文学评论周刊《考察家报》11月18日那期，还有其他几家周报11月25日那期。查普曼和霍尔也在自己的杂志上作了宣传，在《马丁·瞿述伟》12月那期上有一整页广告：

一本新的圣诞书

由狄更斯先生执笔

12 月即将问世……

内含利奇的四幅彩色蚀刻画和木刻画

散文体的《圣诞颂歌》

圣诞节鬼故事

    周刊、《布莱克伍德月刊》和《马丁·瞿述伟》上的广告肯定起到了很好的宣传作用，但狄更斯有理由担心月刊上的宣传还不够。查普曼和霍尔不情不愿地推广一本非自己公司的书也情有可原。他们虽然能从销售中得到提成，但项目毕竟是狄更斯的。

    威廉·布拉德伯里负责为查普曼和霍尔印刷狄更斯的书，他对狄更斯说，他简直不敢相信有这样的疏忽。"他〔布拉德伯里〕说，只有依靠大力的广告促销，否则难以弥补这么重大的疏忽。"焦虑的狄更斯给米顿的信中写道。

    米顿在回信前收到了《圣诞颂歌》校样稿。他把钱借给了狄更斯，然后回信鼓励他说这是本极好的书。狄更斯既是米顿的客户，又是他的好友。狄更斯亲切地回复道："我非常高兴你对《圣诞颂歌》有如此感受，"他说，"我知道这个主意不错。"但他在给这位律师回信的附言中，仍透露出一丝不安，"布拉德伯里说只有老天知道结果如何。我相信这本书对我肯定有很多好处，希望它能大卖。"

    据说狄更斯除了把校样稿寄给了米顿，他还把付梓前的《圣诞颂歌》送给了其他十一个人，包括伯德特·库茨小姐、汤姆斯·卡莱尔、福斯特、沃尔特·萨维奇·兰多和威廉·梅克比斯·萨克雷。狄更斯在送给萨克雷的书上题了一句赠词："狄更斯赠予 W. M. 萨克雷（我有次出远门，您做了一件令我十分开心的事）。"至于为什么会写这句赠言，尚无定论，而且萨克雷对狄更斯作品的一贯态度都是居高临下，即便认可他的作品，也会摆出这副态度。狄更斯有可能是指一年前萨克雷在《弗雷泽杂志》上写的一篇火药味十足的评论，批评改编自《尼古拉斯·尼克贝》的一个法国舞台剧。（萨克雷说："至于名人博兹，他和这个戏剧的'天才'改编几乎没有任何关系，就像一顶金边帽和一个挂衣钉，二者没有关联。"）狄更斯还送了一本样书给诗人萨缪尔·罗杰斯。"若您愿意或有耐心读一下附赠的小书，"他对耄耋之年的罗杰斯说道，"我希望您会喜欢书中肤浅的想象力。"

福斯特、米顿及其他几位都对《圣诞颂歌》赞赏有加，幸亏狄更斯不知道罗杰斯对书的评价。罗杰斯的外甥写信给他的朋友说，当狄更斯的新书被提及时，他的舅舅"说他前天夜里翻了一下；前半个小时他读得太乏味，差点睡着了，后半个小时读得很难受，他非得把整个故事读完才能摆脱这种不悦的感受。他严厉批评了狄更斯的风格，并且说他让所有的人物都讲一口不合语法的英语；发音粗俗，把'are（是）'发成了'air（空气）'，把 horse（马）读音中的'h'省掉，这样做毫无幽默感。好的作家绝不会这样写！"

狄更斯读到的第一份公开发表的书评刊登在 12 月 19 日的《记事晨报》上。查尔斯·麦凯在书评的开头写道："狄更斯先生创造了一份最合适的圣诞礼物。如果使用得当，我们希望它产生更大的意义……不仅仅作为消遣。"

麦凯是杂志的副主编，他继续写道："读完这本小书，即便是匆匆一阅，我们都能感受到小说创作中蕴含的一种精神，它是广博的、有益身心的仁慈——这种精神与独自享乐格格不入——这种精神深知幸福能够并且应该存于何地，这种精神不会抵达真正的快乐，除非将之发扬光大。如果这种精神能被复制传播，正如这本小书的销量一样，我们毫不怀疑它能与日俱增……我们在 1843 年能拥有一个多么快乐的圣诞节啊！"麦凯在书评的结尾向读者保证说，"我们热忱地推荐这本小书，它既是令人愉悦的伴侣，又是一位有益身心的监督员，让所有人能在真实的生活中和精神上享受'一个快乐的圣诞节和幸福的新年'。"

12月22日，《太阳报》的评论员大力推荐这本书时补充道："不要因为它是个鬼故事，就把它当作一本不费脑子的浅薄的书。"《阿特拉斯》杂志提醒读者，不要把这本书误当作一部无足轻重的应季消遣书。任何人"拿到书后以为它写的是迎合节日的一些琐事……就像订的年报一样，立马会发现这是一厢情愿的想法。只要翻阅一两页你就明白，只有博兹心情大好时才会写出这样的文字"。

12月23日《雅典娜俱乐部》宣称《圣诞颂歌》是"一个让读者又哭又笑的故事——向慈善事业伸出双手、敞开心扉，甚至对没有慈善之心的人也是如此——笔调细腻，凝聚了'博兹'写作技艺的精华"——如同摆在成功人士面前的一道大餐。"评论家把这个故事描述为"狄更斯先生创作的极好的散文诗，我们希望它能让来自天涯海角的人们齐声高呼'阿门'"。

散文家利·亨特身为狄更斯的朋友和同行，同一天在《观察者》报上发表评论说，这本薄薄的书马上就会"人手一本"，并对其欢快、热情的文风大加赞赏，他预测成千上万的读者会把它作为高唱圣诞颂歌的理由。

除了这些热情洋溢的报道，狄更斯在这个"小项目"出版后头几天幸福的日子里，听到最多的是书商收银台里叮当响的钱币声。短短的四天，狄更斯印的6 000本书卖得一本不剩。

图书不管是市场表现还是社会评论都大获成功，这足以令作者欣喜若狂，让他以前所未有的方式庆祝圣诞节。他对美国朋友费尔顿说："从未有过这么多的聚餐、舞会、魔术表演、摸瞎子游戏、逛剧院和辞旧迎新的活动。"几个小时以后，压在他心头的烦恼似乎都烟消云散了。

简·卡莱尔是一位著名讽刺家的妻子，也是伦敦文学圈内一位颇有人缘的活跃人物，她参加了一个儿童圣诞派对，神采奕奕的狄更斯也是受邀嘉宾之一。聚会后的第二天，她写信给朋友说起图书的成功对狄更斯的影响：

"这是我在伦敦参加过的最愉快的一次聚会，"她热情洋溢地写道，"狄更斯和福斯特使出浑身解数，直至汗如雨下，他们似乎沉醉于自己的努力之中。你能想象出狄更斯整整玩了一个小时的魔术的样子吗？他是我见过的最棒的魔术师！"

卡莱尔夫人描述了当时的情景：福斯特给狄更斯打下手，狄更斯在一个人的帽顶上煮了份梅子布丁，把女士的手帕变成了糖果，还把一袋麦麸变成了一只嗷嗷直叫的豚鼠。卡莱尔夫人认为，狄更斯的表演相当专业，假如哪天图书行业不景气了，他完全可以改行干这个。

"狄更斯几乎是双膝跪下，邀请我跳华尔兹，"她补充道，"我觉得我完全放开了，同他、福斯特、萨克雷还有麦克利斯聊得非常疯狂，毫无禁忌。"

卡莱尔夫人的叙述表明这是一场以儿童派对为始而发展为近乎古罗马的农神节的狂欢会："事实上，场面不断升级，有点像强掳萨宾妇女！"她说道，"当时有人看了眼她的手表，大喊道：'12点啦！'随后，我们冲进了衣帽间，到了大堂，直到最后一刻，狂欢还在升级。狄更斯带着萨克雷、福斯特还有他妻子回家了，'在那儿度过后半夜'，我猜想他们那夜肯定玩得很尽兴。"

狄更斯似乎正是《圣诞颂歌》里慷慨精神的践行者。他曾在《记事晨报》上写了一篇文章，感谢麦凯的那篇热情洋溢的书评。他写道："请相信我，您真诚地流露出的对《圣诞颂歌》的喜爱让我很是受用。您的喜爱令我高兴不已……您的溢美之词坦率而大度；非常值得拥有。真心感谢！"

每卖出一本《圣诞颂歌》，他对自己能力的怀疑就减少一分；同一拨评论家，之前还对他近期沉闷的作品不屑一顾，现在却结结巴巴地夸奖其作品里振奋人心的寓意。如果狄更斯曾经真的相信这一句箴言——他的水平就体现在下一部作品中——那么这次他的水平真的发挥出来了。查普曼和霍尔马不停蹄地又印了一批，接着，还没等新年过完，又下令第三次印刷。

当然，也并非所有的评论都是正面的。《都柏林评论》抱怨这本书有点太偏离神圣的祖先了，那才是圣诞节的真正含义，但是主编们承认："这本书的内容很长，因为我们习惯了读自己喜欢的散文或诗歌。"《记事晨报》也加入了评论，同样持保留意见，发文说："这本书有狄更斯先生一贯的矫揉造作的文风，（对我们而言）读起来体验不佳，甚至荒诞不经；当然它也有一些天才的笔调，和文章中浮夸的文风杂糅在一起，文中还运用快乐的笔触勾勒了一些简单的哀婉的感染力。"编辑们颇有见地认为这些品质解释了"他广受欢迎"的原因。

但是大多评论都是赞美之词，让作者心花怒放。《贝尔每周信报》评论说狄更斯在《圣诞颂歌》"这部离奇古怪的小说中，有力展示了宗教和道德的真理，是我们语言中最具特色的诗歌寓言故事"。

《家庭经济与评论杂志》也加入其中，发表评论说："如果有作家因服务于他的同胞而值得褒奖的话，那位作家非查尔斯·狄更斯莫属。大家应视《圣诞颂歌》为基督教的宣传手册，有义务地阅读，并加以尊敬。"

《星期日泰晤士报》宣称这本书是"创作中的精品……故事的笔调大体上是愉快平和的，但偶尔也会起伏，总体效果无可比拟"。就连自命不凡的萨克雷想找这部小说的不足时都显得江郎才尽："我并非说《圣诞颂歌》不像午时的太阳那般光芒万丈，但它今天在英国太过流行，任何怀疑主义者、任何《弗雷泽杂志》（萨克雷发表文学评论的杂志）上的文章，就连古时被奉为神明的《季刊》……都不能把它拉下神坛。"

萨克雷搜肠刮肚想找些负面之词来评论这本书，但很明显狄更斯"尽管对拉丁语所知甚少，对希腊语近乎一窍不通"，这次却难住了萨克雷。"我不大确定这个寓言是否写得有头有尾，"他含糊其辞地说，"并且我站在经典的立场上反对在散文中使用无韵诗；但就这部作品而言，所有的反对均无效。"

最终，这位受过大学教育的贵族，虽一直嫉妒自学成才的狄更斯的声名，但不得不在这本书巨大的影响力面前低头："最近听到讨论这本书的是两位女士；两人素不相识，也不认识作者，而她们却说：'上帝保佑他！'"只有这次，萨克雷表现出了其大度的一面，"对一位作家而言，能够鼓舞别人该是多么难得的体验！能够得到回报又是何等的幸事！"

12

　　狄更斯为初版《圣诞颂歌》写了篇简短的序，表达了他朴素的愿望："我试图通过这本短小的鬼故事书，引起大家对鬼怪的兴趣，借此让我的读者能和自己、他人、节日以及和我愉快相处。希望这本小书出没于他们的房子却不招人厌，没人会把它丢在一边。"

　　事实的确如此，很少有人不读《圣诞颂歌》。狄更斯于 12 月 27 日写了封热情洋溢的信给伯德特·库茨小姐："我知道您听到这个消息肯定高兴，《圣诞颂歌》大获成功！"福斯特说："从未有过一本小书一问世就有如此表现。它在各方面都获得了极高的赞誉。第一版的 6 000 本第一天全部卖完。1 月 3 日，他写信通知我说：'第二版和第三版印刷的 3 000 本中的 2 000 本已被预订。'"

　　刚过完年，狄更斯给他的美国朋友科尼利厄斯·费尔顿写了封信，亲口描述了那个令卡莱尔夫人兴奋不已的派对："前几天晚上我参加了麦克里迪[1]家的儿童派对，我和 M 太太跳了一支乡村舞（舞蹈的队列比剑桥大学的图书馆还长），你要是见到那个场景，肯定会把我当成拥有独立房产的乡绅，家住农场顶，每天清风拂面。"

　　在信中，他使用了钟爱的第三人称描述新书的成功："各种各样的陌生人通过各个邮局给他寄去了五花八门的信，信中写到了他们的家和壁炉，叙述了他们在那儿如何阅读同一本《圣诞颂歌》，然后再把它放在小小的书架上。毋庸置疑，这是我听到的这个流氓无赖写出的最成功的一本书。"

1　麦克里迪（1793—1873），英国演员、剧场经理。

对于一个流氓无赖而言，这的确是一个令人陶醉的时刻。但作为一名作家，狄更斯可能会想顺风顺水的同时是否会有不测风云。果不其然，狄更斯刚开始庆祝自己的好运就发生了一件令他伤脑筋的事。

首先，这本书在英国获得的一片欢呼声表明美国大众对《圣诞颂歌》可能会持同样的态度，因为他们以前就为小耐尔欢呼雀跃过。事实的确如此，但是并非所有的欢呼声都会给狄更斯带来收益。第一批书于1月21日抵达波士顿，正如迈克尔·帕特里克·赫恩所言，"盗版的人一定在码头上翘首以盼"。

美国媒体对这本书的整体印象不错，尽管书的作者是个英国人，还曾在《美国杂记》和《马丁·瞿述伟》中对自己的国家毫不留情地进行过抨击。"读完这个故事，我们会成为更好的自己，对生活更知足，对生活中的不幸能平静地对待，对一切充满希望，仁慈以待。"《新世界》评论道。

狄更斯的官方版本一到美国，熟悉的一幕很快就发生了——盗版横行。纽约新世界公司的哈珀兄弟几乎以迅雷不及掩耳之势在报纸上宣传他们自己版本的《圣诞颂歌》将于1月24日上架。这种公然的盗窃行为本质上是粗劣地盗版狄更斯精心制作的图书：两页书的内容挤在了一页，插画弃而不用，用廉价的蓝色纸装订，一本书卖6分钱。

当时1镑相当于5美元，这个价格与正版图书1.25美元的售价相比确实非常低廉。美国的粉丝以如此低的价格购得图书，估计不会计较图书上少了书边的镀金和几幅版画。但是，狄更斯不会从哈珀兄弟和其他几家盗版他新书的公司得到半分钱的报酬。

美国人并非对所有的盗版行为都视而不见。美国国会早期的功绩之一就是在1790年通过了《著作权法》，这一法令旨在"促进科学和有用之艺术的发展"，保护作者和出版社的权益……只要他们是美国公民。任何别的国家的人出版的任何东西在美国再版都是合乎法律的。

美国出版社对盗版行为无动于衷，这种态度令狄更斯和英国等其他国家的作者深恶痛绝。与此同时，许多美国作家为他们在太平洋彼岸受到的待遇也是沮丧不已，这其中就包括华盛顿·欧文。英国于1710年建成安妮女王塑像的时候就引介了当时具有革命意义的一个理念——艺术家对其作品持有股份。从传统意义而言，出版商只需支付一笔固定的费用就可以"拥有"一部文学作品，通过这一法案的主要目的是终止这种垄断行为，正如一个雕塑收藏家买下一幅将军骑着直立骏马的雕塑，购得的不过是凿出来的一个作品，雕塑家仍可以继续凿相同的作品。该法案的实际效果在于作家能持续从自己的作品中获利。

但是，直到1844年，英国尚未同美国建立知识产权互惠协定。这一情形持续恶化，因为双边有权有势的出版社都通过盗版赚得盆满钵满。因此，正如狄更斯在美国的遭遇一样，英国的出版商印发《红死魔的面具》和《厄舍古屋的倒塌》时，埃德加·爱伦·坡连一个便士的钱都没见着。这一状况持续到19世纪70年代，当时美国出版商的价格战打得一发不可收拾。出版商不再搞雷同作品的低价营销模式，他们开始意识到拥有一部作家作品全部权利的竞争优势。因此，他们更愿意和来自英国以及欧洲大陆的作家签订协议。这又反过来促进了美国同英国和欧洲大陆建立更加有序的版权关系。

但对狄更斯而言，美国不会立马出台补救的办法。哈珀兄弟刚出版完6分钱的《圣诞颂歌》，纽约报纸《真太阳》就将其分为五个章节连载出版，最后又出了一个合订本，定价只要3分钱。随后不久，著名的文学杂志《新世界》也自说自话地开始连载这个故事，但它竟然不忘在狄更斯的伤口上撒盐，批判狄更斯在《美国杂记》和《马丁·瞿述伟》中对美国的丑化。

狄更斯可能预计到了图书在美国市场的遭遇，在这个国家他几乎无能为力。但当他发现一家英国的出版商李和哈多克也在侵犯他权益的骇人消息时，他收回了对国内盗窃者不闻不问的一贯作风，直接将他们告上了大法官法庭。

他诉讼的内容是勒令理查德·伊根·李及其同伙停止销售 1844 年 1 月 6 日那一期《帕利的图解图书馆》。那期杂志卖 2 便士，内容涉及"一个圣诞节的鬼故事，它是基于查尔斯·狄更斯的原创故事的重新创作，因逻辑需要对这部新作品作了缩减"。这里所谓的"重新创作"的真实含义是指写两三行的介绍文字，然后复制狄更斯小说的全部文本，改动仅有个别几处。

不难想象狄更斯一定怒不可遏，但这并不是狄更斯第一次和国内的盗版和抄袭行为发生冲突。虽然他的文字作品受英国著作权法保护，但他太受欢迎，以致许多写手和无信誉的出版商公然抄袭他的作品，从中获利。其中一部最早的盗版作品，题为《匹克威克俱乐部后记》，署名是博世，该作品无耻地剽窃了原著，价格只有 1 便士（是正版价格的十二分之一）。随后还出现了《匹克威克在美国》《奥利弗·特威斯》[1]《巴纳比·巴奇》等剽窃作品，署名为博世、博日、朴兹等等。

虽然这种廉价的盗版书着实令人讨厌，但读者多是穷人和半文盲，他们迫于生活的压力，没有能力购买真正的博兹作品。还有另外一些模仿的作品，它们的目标读者是喜爱狄更斯的中产阶级，因为对于他们最喜爱的作家，再多的作品他们都读不够。有个叫 G. W. M. 雷诺兹的记者和编辑，开了一个家庭作坊，模仿狄更斯刊登在《每月

---

1 《奥利弗·特威斯》剽窃的是狄更斯的《雾都孤儿》，英语原书名直译为《奥利弗·退斯特》。

杂志》上的文章。雷诺兹为自己写的题为《匹克威克在国外》的连载小说辩解，声称虽然他借用了狄更斯小说中的人物，但是故事和内容是他自己写的。如果狄更斯缺乏远见，无法继续连载匹克威克系列，"那不关我的事"，雷诺兹说。

所有这些盗版行为令狄更斯稍有不悦，他之前有意无意地咨询过律师该怎么处理，但他从未不怕麻烦走到对簿公堂这一步。但这次他不仅是《圣诞颂歌》项目的作者还是出版商，因此盗版对他的伤害特别大。况且，他的经济状况远不如从前，李和哈多克很快会意识到，他们没放在眼里的这个人已经孤注一掷。

"我肯定能制止这帮无赖，他们必须被制止！"狄更斯在令人发指的《帕利的图解图书馆》出版的次日写信给米顿说，"我们要行动起来，动真格的，让一切在它面前崩塌……在这件事上，我们必须要抡大锤，否则等我写好一部长篇，又要被成百上千个这类团伙抄袭。"

狄更斯引用了"大锤"这个词，因此米顿明白这个工作对他的客户而言关系重大。于是，律师在1月9日拟了一份诉状，案件发起人即原告是狄更斯，他声明他创作并完成了《圣诞颂歌》这部小说，但是被告于当月的第六天就出版了"冒牌货"，抄袭了小说一半的内容，发在名为《帕利的图解图书馆》杂志的第十六期。因此，狄更斯请求禁止被告"印刷、出版、销售或以其他途径使用该出版物的内容，禁止任何形式的继续侵权行为"。

在书面陈词中，狄更斯指出："小说的主题、人物、角色和事件"与他的小说雷同，"除了'费昔威'被篡改为'富齐威'"。他解释说所谓的"假冒"是指他小说中原有的很多语言被改动，其目的是掩盖盗版行为。狄更斯共对五方发起诉讼，包括许多打算销售李和哈多克盗版图书的书商。

受理诉讼案的法官立即对五方颁发禁令，其中四方同意销毁或上交侵权杂志的库存。只有出版商李予以反驳（哈多克似乎不见了踪影），要求取消禁令，甚至还狡辩说"圣诞节鬼故事"出自他的作家亨利·休伊特之手，书中包含了对原文多处"大量的改动和润色，增添了很多原文没有的内容"。

李指出，狄更斯书中对"小丁姆的描写仅是唱了一首歌"，而休伊特先生"创作了一首 60 行的歌曲，这首歌很好地衬托了当时的气氛，充满了感染力和诗情画意"。不仅如此，李似乎兴奋过了头，竟然抖出休伊特曾经"重新创作"了好几部狄更斯的作品的事实，包括《老古玩店》和《巴纳比·拉奇》，都未收到投诉。李甚至扬言狄更斯《圣诞颂歌》的灵感有可能受休伊特作品的启发，而非休伊特抄袭狄更斯。

这种无中生有的诽谤也许让狄更斯吃惊得掉了下巴，而休伊特则在自己的书面陈词中解释了其出版商的言论。他曾为他的老板"重新创作"过许多名家名作，还把这些作品作为礼物寄给了狄更斯，包括删节版的《老古玩店》和《巴纳比·拉奇》，供他一乐，所以很可能狄更斯通过休伊特的作品读到了华盛顿·欧文的一些作品，其中包括欧文写的庆祝圣诞节的书。

休伊特认为狄更斯起诉他人剽窃他的素材，而这个素材本是他从华盛顿·欧文那里剽窃来的，尽管剽窃的作品也是休伊特根据欧文作品"重新创作"的。据此，休伊特厚颜无耻地说："关于《圣诞节鬼故事》这本书，他坚信狄更斯的《圣诞颂歌》受到华盛顿·欧文的恩惠比证人（休伊特）的《圣诞节鬼故事》受到狄更斯的恩惠要多。"休伊特还说他这样做是帮了"底层阶级"一个大忙，因为他们既没有时间也没钱去读"篇幅长、价格不菲的作品"。他说这番话的口气俨然是一个勉强度日的底层人（他"缩写"《圣诞颂歌》的工作可能只得到了 10 先令的报酬）。狄更斯读到这些证词之后会作何反应，没有这方面的记载，但是我们不难想象。

米顿应该和他的客户解释了，李和哈多克的言论必须予以回击，因为他们的这番话非常博眼球。正如最高法院律师 E. T. 雅各在其世纪之交的专著《大英法庭的狄更斯》中写的，李和休伊特指控狄更斯"延误并默许"，在法庭中是合情合理的控告。如果狄更斯对之前"重新创作"的作品知情，而未进行任何制止，那么法院可能会作如下合法宣判：狄更斯的不作为说明他默许他们的盗版行为。

狄更斯被逼无奈，不得不提出反诉，他拒绝承认收到过任何名为《帕利的图解图书馆》的杂志，或休伊特"重新创作"的华盛顿·欧文的作品，或抄袭了他自己的作品，抑或是任何他人的作品。另外，即便有这样的书送到他家门口，他也绝不会读。事实很清楚，狄更斯说"他从未批准或暗地默许任何人抄袭或模仿《圣诞颂歌》《老古玩店》《巴纳比·拉奇》以及他的任何作品"。

李和没有露面的哈多克请求解除禁令，大法官布鲁斯爵士在 1 月 18 日听取了反诉。根据狄更斯对福斯特的描述，被告主辩律师的工作很难做："他（布鲁斯）不断打断安德森（全名为托马斯·奥利弗·安德森），要求他找一段不是由我书里的思想扩展或压缩的。每找出一段，他就大喊道：'那是狄更斯写的内容。换一段！'"

安德森和他的助理律师终于把书翻完了，这时狄更斯聘用的律师托马斯·努恩·塔尔福尔德啪的一声欲从椅子上站起来发言，布鲁斯法官示意他保持安静。据狄更斯所言，法官接下来的一番话让他心生暖意："他说这件案子没有任何疑点，"他得意洋洋地向福斯特汇报，"没有任何一个法官会听信他们的解释；盗版罪行史无前例。他们可能一周以后还会提起……如果他们想要这么做，他们愿意的话还可申诉，但是他们可能会考虑这样做毫无意义，因为大法官的话已经说得很明白了。"

E. T. 雅各在大法官法庭的斗争经验十分丰富，描述完这场法庭争斗后，他附了一段尖酸的描述："宣判结果公布后，一方得意洋洋地从布鲁斯爵士的法庭里走了出来，想象这个场景不禁让我们对威斯敏斯特大厅产生了一种新的兴趣：狄更斯——麦克利斯画笔下那个年轻俊美、一脸殷切表情的狄更斯（尽管他成就斐然，饱受风霜，但年仅 31 岁）——胜利之后满面春风，兴奋不已地向塔尔福尔德和其余的人致谢……米顿，激动不已，像原告本人一样开心。"

另外值得注意的是，狄更斯认为那天他赢得的不光是对自己知识产权的买卖权（因为没有作者把自己的作品仅看作一笔"财产"）。这场战役的胜利远非金钱这么简单，从某种意义而言，他创作的词句——尤其是写进《圣诞颂歌》的词句——本质上是一种自我表达，因此布鲁斯的判决同样肯定了狄更斯的"自我"，狄更斯当然会欣喜若狂。

案子了结后，狄更斯写信给福斯特："盗版的人遭受痛击。他们受到伤害，满身鲜血，伤痕累累，粉身碎骨，颜面扫地。"两天后，他甚至说自己会从这个案子中得到一些好处。在写给福斯特的信中，狄更斯透露他可以从李和休伊特以及他们的同伙那里挖掘一些素材，只需汲取他们在各种证词中提到的无理诉求："这些盗版的无赖提出减轻罪行的证词写得浓墨重彩，通过这些话，我们可以了解这帮尾随在文学尾巴后面的人的真面目。"他对福斯特说，他正考虑把他们的证词写进小说，"不加任何评论，把它们写进《马丁·瞿述伟》"。

此外，他和李与哈多克的纠纷并未完结，狄更斯发誓要他们为诽谤他的名声负责到底。他对福斯特说："我下定决心，这些人必须为他们的证词向我道歉。其余的人把钱还清了，就和案子没关系了。但是我会一直支持我的作家朋友[1]。"

---

1 狄更斯这里可能又在用他惯用的第三人称写法，这里的"作家朋友"指的就是他自己。

他还半开玩笑地和福斯特表达了对老朋友托马斯·努恩·塔尔福尔德的内疚感，他在案件上的心血白费了："噢！塔尔福尔德的陈述布鲁斯爵士听也没听，真是尴尬！他说为准备发言稿熬夜到凌晨三点；会用各种方法驳斥对方的证词。发言肯定精彩！"

虽然李和哈多克取消制裁的申请被驳回了，但是狄更斯指出案件针对盗版的最终处置还没了结："塔尔福尔德坚决反对同印刷商作任何妥协。法官需判定他们通过剽窃谋取的收益，并下令将这笔收益偿还给我。但我担心的是打官司的消耗。"

显然，民事诉讼带来的烦恼和需承担的花费，二者都令人望而却步。考虑到狄更斯早期在法庭工作的经验，我们难以相信狄更斯对接下来的打击会没有任何察觉。

塔尔福尔德的态度虽然很坚决，但是法庭记录表明狄更斯试图同李和哈多克庭外和解，他声明："原告对被告并无恶意，只要被告支付损失并道歉，原告将不再起诉。"但是，李和哈多克一项条件都不接受。"安德森先生拒绝接受任何索赔方案，"记载表明，"原告必须通过法律拿回补偿！"

最终，法律给不了狄更斯任何补偿。狄更斯申请对方赔偿图书销售损失和诉讼费1 000镑。针对这一肯定会得到支持的诉求，李和哈多克立即宣布破产。他们名下没有资产（除了大家可能会想到的未销售的《圣诞节鬼故事》的库存），因此原告需承担被告的法庭费用。

狄更斯本已深陷债务危机，几乎无力支付更多的开销。他写信给塔尔福尔德："我已经放弃——放弃任何行动，终止大英法庭状告破产的盗版团伙的诉讼。"因为毫无希望得到任何补偿，他不想再在这个案子上支付费用。

至于另外四个被列为被告的书商，他们"卷进来后都同意私了，因此他们没给我带来损失"，他说。但是，"因为李和哈多克（这帮无赖），我损失惨重，毋庸讳言，包括所有的开销、盗版损失和诉讼费用"。

他也许终止了诉讼，但是经济上的损失覆水难收。E. T. 雅各估算案件的开支至少有 700 镑，虽然狄更斯只打了一场官司，但是他针对书商一共提交了五份诉讼书，准备和提交其他四起诉讼的费用也不是笔小数目，因为要整理出哪些人盗版了哪些书。

这个例子说明了和要饭的打官司的下场。但是雅各指出，狄更斯至少从这场官司中得到了一些今后写小说的素材。通过这次不幸的遭遇，确实诞生了《荒凉山庄》里大英法庭上精彩的一幕：18 位律师，"坦戈尔先生的 18 位有学识的朋友，每个人都带着一本 1 800 页的小结报告，起身行礼，好似 18 只钢琴的音锤，继而鞠了 18 个躬，然后坐在默默无闻的 18 个角落里。"

最终，这个案子似乎成了狄更斯的又一伤心事。两年后，差点要打一起类似的官司时，他写信给福斯特："我的感觉是……我认为我的想法和四分之三会思考的公众一样……那就是，宁愿承受不公也不求助更加不公的法律。《圣诞颂歌》案的花费、焦虑及其极度不公历历在目。在那起案子里，我不过是要声讨世上最明显不过的权利，但受到的待遇好像我是劫犯而不是被劫的人。考虑到这一点……我想不出一个好的行动方案，值得我们劳神费心。"

这的确是一番沮丧的话。然而，当狄更斯拿到出版商的第一份《圣诞颂歌》的财务报表时，他纠结的可能是这本小书到底能否给他带来收益。

13

可别忘了，狄更斯要从他的"小颂歌"身上赚 1 000 镑，在"小颂歌"刚问世时，这样的愿望看起来不仅可以实现，而且还显得保守。正如福斯特所言："圣诞节期间，每天络绎不绝收到陌生人写给作者的来信，我记得当时读起这些信既惊讶又高兴；信中没有任何和文学有关的内容，都是一些最普通的家庭琐事；信的主要内容是向作者倾诉家常，很多是知心话，讲家中如何大声地朗读《圣诞颂歌》，有个专门的小架子把书供在上面，这本书对他们好处多多，怎么夸奖都不为过！"

《圣诞颂歌》刚刚出版，要都是好消息，那这就是个完美的童话故事了。但事实是，除了纷至沓来感激狄更斯创作了一部好作品的信件外，还有一封查普曼和霍尔的来信，这封信的性质完全不一样。

"我度过了这样一个夜晚，"狄更斯翻阅了出版商寄来的一叠信之后，2 月 10 日周六上午写信给福斯特，"各种烦躁不安的恐惧令我夜不能寐，这些痛苦要是没有翻篇的话，我真觉得自己连床都爬不起来。"

大家可以想象福斯特读到这封信开头的反应。他的朋友究竟得了什么病，遭遇了什么打击？

狄更斯对他的经纪人说，他前一天傍晚到家，看到了《圣诞颂歌》的财务报表，这就是他极度痛苦的原因。

此情此景，不难想象。当作者坐在桌前的椅子上，他肯定希望自己匆匆一眼看到的最后一行数字出了错，因为眼中所见，或许正如斯克掳奇所言，"是一小块未消化的牛肉"或是一片干奶酪的碎皮。

他当时可能把账本摊在了身前的桌上，挪了下台灯，也许搓了搓脸使自己核查时能兴奋起来：冷静下来吧，狄更斯，接受现实，重要的数字在最前面：

销售收入位于列表的顶端。"6 000 本，扣除 103 本左右的礼品书以及送图书馆和出版社的书，每 25 本送 1 本，布装书，售价为 3 先令 6 便士。"不错，不错，他可能点了点头，这些礼品书和给书商的折扣是不可避免的必要开支……因此，毛利润总额为 992 镑 5 先令。没错，一点没错！

狄更斯可能在脑子里快速地算了一遍，6 000 本，每本售价 3.5 先令，总毛利的确是 1 000 镑左右。事实证明，当初坚持只有 5 先令的定价可能是个错误。

接着下一项开支，这里可能会出错，可能是某个地方算错了，这样就能平复他内心的焦虑：

"印刷成本，74 镑 2 先令。"差不多。

"纸张费，89 镑 2 先令。"可能用便宜的纸也能凑合，但一本书的外观还是很重要……

"插画和版画费，49 镑 18 先令。"天啦，天啦！那帮出版《帕利的图解图书馆》的小偷雇用了史迪夫先生作插画，他冒用狄更斯的名字为《圣诞节鬼故事》设计版式，制作了插画和版画，所有的工作可能只得到了 1 镑的薪酬。但利奇的作品是一流的，谁说不是呢？

还有两块钢板的费用是 1 镑 4 先令，印版的费用是 15 镑 17 先令，印版纸张的费用是 7 镑 12 先令。所有这些都符合规定，至少看上去是。

然后是上色的价格——上帝啊——120 镑。图书装订，180 镑……毕竟有这么多册书。

杂费和广告费，168 镑 7 先令 8 便士。查普曼和霍尔把可恶的

"杂费"精细到了便士。

最后一项是"出版商的佣金",毛利润的 15％，合计 148 镑 16 先令。

所有这些开支总计 855 镑 8 先令。到了不忍直视的最后一行：

"狄更斯先生的结余款：137 镑 4 先令 4 便士。"天啊！他无论盯着这串数字看多久都无法改变现实。

狄更斯深受打击，向经纪人倾诉了他的怨愤："我一心想赚 1 000 镑整。多么不可思议的一件事！图书虽然取得巨大成功，但我却身陷囹圄。"

狄更斯对查普曼和霍尔提供的计较到便士的账本颇有怨言。他立马动笔给米顿写了一张表达不满的便条，说他敢肯定出版商"哄抬了开支，蓄意减少我的收益，用各种开销使我恶心。如果把各种印版费加起来，你会发现我用的印版并没有那么多钱"。

狄更斯深陷愤怒和失望之中，无法自拔。虽然取得了傲人的成绩，但几乎颗粒无收。狄更斯对福斯特说："我今年尚未支付的账单，数目大得惊人，我必须全力以赴，才能还清债务。"

他再次提起出国的决心。不管财务状况如何，"如果下个月我还活着的话"，他接着又哀叹道，"上苍啊，我要是一年前下定决心就好了"！

当然，他要是一年前出国，《圣诞颂歌》很可能不会写出来，但是狄更斯没有提这一点。"昨晚，我彻底崩溃了，"他和福斯特说，但他现在的意志非常坚定，"一旦有人租我的房子，我马上搬到海边去住。如果开支得以削减的话，我没什么好担心的；但不减少开支，我将万劫不复。"

大部分的开销都用于维持房子。那可是德文郡街上的一栋大别墅，有十三间房。1839 年狄更斯全家搬了进来，当时有《匹克威克外传》及其他作品源源不断的稿费收入。这栋别墅正对摄政公园的约克大门（转角即为另一座著名的文学府邸，贝克街 221B 号公寓——柯南·道尔笔下的福尔摩斯的住宅），有一个阔气的花园。别墅签了十一年的租约，租金 800 镑，除此之外，每年还需交 160 镑的物业费。狄更斯把家里的门升级为红木大门，壁炉架换成了意大利大理石，定做了一间隔音的书房，因为家中太吵，加上 1 月刚出生的弗朗西斯，现在有五个孩子。

狄更斯将其描述为一栋"环境无可挑剔、富丽堂皇"的房子，他有好几部最著名的作品都在那里完成，包括《老古玩店》和《圣诞颂歌》。因此，要离开这栋房子，他肯定很不舍。但是，正如他对福斯特所言，他决心已下。

从他匆忙写给福斯特和米顿的这些信件中可以看出他有些失去耐心了，因为《圣诞颂歌》的销量一直很坚挺，圣诞节结束后仍不见式微。1 月印了两次后，1844 年全年又加印了六次，直至年底销量达到近 1.5 万册。12 月 31 日营业结束后，查普曼和霍尔的仓库里只剩下 70 本库存，年度财务报表最后一行记载的是："作品报酬"已增至726 镑。

图书销售持续走俏，虽令人满意，但收益还是远远不到狄更斯预期的"1 000 镑现钱"。另外，一旦他的《马丁·瞿述伟》在 1844 年 6 月完成，他 200 镑的月收入就随之终止。狄更斯毅然要离开查普曼和霍尔，福斯特把这番话带给了二人：狄更斯完成《马丁·瞿述伟》的合约后，他们的业务往来立即终止。

6 月 1 日，最后一期的《马丁·瞿述伟》出版不久，狄更斯就同威廉·布拉德伯里和费雷德里克·埃文斯签订了出版合同，这两个人从一开始就印刷他的书。尽管布拉德伯里和埃文斯不甚了解编辑、宣传和零售等出版业务，但是狄更斯信任他们，认为他们没有经验反而更好，更可以满足他的需求。实际上，"印刷商比出版商强"，他说，这是在含沙射影地嘲讽查普曼和霍尔将他的书推向市场的能力。狄更斯认为布拉德伯里和埃文斯只要按他的建议办，就完全能把他的书出好，因此他同新书商签订了一份特殊合同：未来8年，狄更斯无论写出什么东西都将净利润的25％分给布拉德伯里和埃文斯，而不是通常的作者从销售额或利润中拿一定比例的报酬。

布拉德伯里和埃文斯对狄更斯写什么内容无权干涉，但是双方商定，若狄更斯在合同期间担任杂志的编辑或出版工作，那么狄更斯从该工作中的获利比例将降至66％，而他们的获利则相应增加。作为回报，布拉德伯里和埃文斯需预支狄更斯2 800镑，因为狄更斯认为有了这笔钱，就够他一年在国外停笔休假的开销了。

他按计划去意大利等地度假，可能会写一本书，也可能不写，他对自己没有要求。从现在开始，他的职业生涯完全掌控在自己手中。但仅有一个例外：签合同时，双方同意在1844年的圣诞节期间出版《圣诞颂歌》的续篇。

狄更斯允诺写《圣诞颂歌》的续篇，签完合同后，暂且把写作放在了一边，开始准备他的旅行。毋庸置疑，《圣诞颂歌》的持续走红一直让他引以为豪，在第二年他竟然在一封信中这样自称："《圣诞颂歌》和其他作品的作者"。另外，他颇为享受阅读读者来信中的溢美之词，比如，杰弗里勋爵写道："愿上帝保佑您，您心地善良……您可能注意到了自1842年圣诞节以来，这本小书帮助了许多人，促人向善，鼓励更多的人乐善好施，这些贡献比基督教的布道坛和忏悔室的作用都大。"

狄更斯出版《圣诞颂歌》之后决定暂时停笔，打算涉猎新的领域。虽然只有32岁，但狄更斯已确立了作家身份，成了名人。他也经受住了伴随成功而来的巨大挫折。虽然大众对《马丁·瞿述伟》提不起兴趣，但是狄更斯写完这部作品的最后一章后写信给福斯特说，他心中有数，这部作品比他之前写的任何一部作品都要好一百倍。

在人生的谷底，他用疯狂的六周时间完成了和以往作品主题相同的一本书——嘲讽自负、批判贪婪、坚持帮助生活中不幸的人——但这一次他写得不同，他写出了人有改变的可能。这种转变让各地的读者都爱上了他的文字，对他高度赞扬，因为狄更斯能接受他们的缺点，鼓励他们乐善好施。他证明自己有能力写出读者需要的书。他已然脱胎换骨。

他和全家收拾好行李，前往意大利，看看那儿有什么能激发他的热情，他请福斯特放心：他打算接着《圣诞颂歌》再写一本圣诞节的书，"必将大获全胜"。

第三章

何等馈赠

14

　　狄更斯也许打算前往欧洲大陆开启新的事业篇章，但是他已有的成绩会一直影响他的人生轨迹。在他当时完成的所有作品中，没有哪本像《圣诞颂歌》这样经久不衰、深入人心、影响深远。

　　小说出版后不久，除了被抄袭和盗版，在伦敦剧院里还无法避免地出现了改编的戏剧版，大多都未经授权。任何成功的小说出版后都逃不过这种命运。这是狄更斯从一开始就一直在忍受的"间接"赞美。他最开始的几部作品未经授权被模仿后，狄更斯更多的反应是受宠若惊，并未感到不满或受到威胁，因为在当时，一个作家从剧院里挣不了几个钱。即便是授权的改编，作者一场戏得到的报酬最多只有1镑，因此狄更斯就把这些戏剧当作是免费的广告和他的作品受到热捧的标志，别无他想。

　　直至1843年，《全国许可法》规定只有特鲁里街和科文特花园两家皇家剧院有资格上演严肃的戏剧作品。尽管其他地方也有各种各样的精彩表演，比如在酒馆、公谊会礼拜会所等公众场所，但这些表演一般都是轻歌舞剧的形式，如滑稽歌舞、短剧以及取材于流行作品的某个情节的表演。这些表演穿插了音乐，还有童话剧、独白、魔术、催眠、口技和杂技等元素，是电视时代各种类型节目的前身。

　　狄更斯年轻时对剧院的滑稽表演兴趣浓厚，他经常参加学校的演出和业余演出。早年当记者时有回得了严重的头伤风，因而错过了科文特花园剧院一个角色的试演，回头来看，这倒是一个好的小插曲，堵上了完全不同的一条事业道路。《博兹札记》的成功可能打消了狄更斯当演员的梦想，但是他对戏剧的兴趣从未退去。1838年，狄更斯写了一本滑稽剧《陌生的绅士》，表现不俗，因此他想创作更多的剧本，但后来《匹克威克外传》大获成功，让他彻底踏上了写作之路。

尽管如此，狄更斯一直是位忠实的戏迷，经常尝试做一个演员。狄更斯访问美国时曾短暂访问加拿大，在那儿，他又导又演了一系列的滑稽剧，由蒙特利尔皇家加里森剧院的职员筹划，这些工作虽然没有报酬，但他全力以赴。正如他写给福斯特的信中所言，"过去的十天我付出的努力和汗水是你无法想象的"。

他还有一帮剧作家和戏剧评论界的朋友，如福斯特、多才多艺的李顿、律师兼剧作家的托马斯·努恩·塔尔福尔德。塔尔福尔德为狄更斯打了《帕利的图解图书馆》的官司，他的作品还在科文特花园剧院上演过。虽然在 19 世纪剧院尚不能登大雅之堂，但是 1843 年《剧院法》的通过极大地改变了这一现状。这一法令削弱了王室宫务大臣审批戏剧的独裁权，将宫务大臣的权力限制为：他只有权禁止他认为"有伤风化、有失得体或妨碍公共安全"的戏剧。

这种含糊不清的文字规定一直延续至 1968 年，至于什么内容有伤 20 世纪的风化也引起了一些争论，但《剧院法》的通过对严肃剧作家而言是一大幸事，他们的作品借此能在更多的场所表演，可以走近英国中产阶级。因此，剧院获得了较高的社会地位，有更可靠的收入来源。19 世纪 40 年代剧院有了长足发展，诞生了伦敦最为著名的戏剧中心——伦敦西区。

1843 年前，伦敦剧院是一个鱼龙混杂的机构。谈起版权往往被嗤之以鼻——况且，只要付几个先令就有一大帮写手愿意"重新创作"笛福、菲尔丁、理查逊以及斯摩莱特的作品，导演和监制为何要花钱请编剧写原创剧本呢？

狄更斯早期写了一个叫《布卢姆斯伯里的洗礼仪式》的故事，于

1834 年被改编成剧本，狄更斯倒是乐意评论这一改编，他颇有雅兴地称剧中的角色都是"老朋友和私交"。据研究狄更斯的学者保罗·施利克估算，至 1840 年《匹克威克外传》《雾都孤儿》《尼古拉斯·尼克贝》至少上演 60 次，作者本人对这件事大抵是种漠不关心的态度，除非戏剧或台词粗制滥造，或者他的书尚未出版就泄露了故事情节。

在当时狄更斯创作的所有作品中，《圣诞颂歌》天生适合舞台表演，因为其内容简洁，情节紧凑，人物形象，对话生动。很快，改编剧本（研究狄更斯的学者 H. 菲利普·博尔顿仔细罗列了这些剧本）纷纷出现。1844 年 2 月 5 日，有三部戏同一天在伦敦上演。

第一部戏叫《圣诞颂歌：吝啬鬼的警告》，有两幕，编剧是 C. Z. 巴尼特，在萨里郡剧院上演。评论家认为相比其他两部，这部"逊色不少"，戏里也没有歌曲，这部剧上演几场就结束了。第二部戏《吝啬鬼斯克掳奇的梦想》，由查尔斯·韦布编剧，在萨德勒韦尔斯剧院上演，演出了十五场。第三部是唯一由狄更斯授权的戏剧（因此这是他能从中获取报酬的仅有的一部剧），题为《圣诞颂歌：过去，现在和未来》，共有三幕戏，由爱德华·斯特林编剧，在当时著名的阿德尔菲剧院上演，连演了四十个晚上。

狄更斯参加了最后一部剧的演出，虽然参演前他忧心忡忡——"噢，天哪！我要早知道这事就好了！"——他似乎对演出满意。"比平时演得好。"他评价道。他又对扮演斯克掳奇的演员（"O. 史密斯"是一个老戏骨，曾主演过《弗兰肯斯坦》和几部改编自狄更斯作品的戏剧）作了评价："尽管和以前一样单调地炫技，但比我预想的演得好，他吃那块半生不熟的肉时，吃得很开心，脸上表情很到位。"

韦布的《圣诞颂歌》版本在萨德勒韦尔斯剧院上演尚未结束，又同时在伦敦的斯特兰德剧院上演。韦布的版本非常受欢迎，不仅在斯特兰德剧院一直演到三月，而且还在其他五地上演。

到年尾，英国至少上演了根据这同一故事改编的十五个版本的戏剧，其中有些版本擅自对原著作了大幅改动。有部剧安排斯克掳奇和失散多年的未婚妻团聚，有部韦布的改编剧的结尾变成了一场狂欢：三个圣诞节的鬼精灵重返舞台，和深入人心的帕克[1]、潘趣[2]、潘、阿波罗一道大合唱，成了气势恢弘的庆典。

斯特林的授权版戏剧跨越了太平洋，于1844年圣诞季在美国帕克剧院上演。韦布和斯特林的版本在那年伦敦圣诞节期间再度流行、上演。

如果说知名报纸上的赞誉重新确立了狄更斯在文学圈中的地位，那么无数的戏剧表演则让狄更斯的名字为千千万万的观众所熟知，就好比今天成功改编的电影对一部畅销小说的影响。如今，几乎每一个美国人都在学校看过或演过这部剧，或至少看见过在某个节日里登出来的《圣诞颂歌》的表演通知，但1844年是近半个世纪以来这个故事改编成戏剧最多的一年。之后改编量开始减少，部分原因在于后五年里狄更斯很快写出了四部圣诞节的书。其中，1845年的《炉边蟋蟀》是狄更斯一生所写的同类作品中被改编成剧本最多的一部小说。该部作品在当时狄更斯所有被改编成剧本的作品中排名第三，排在前两位的分别是《尼古拉斯·尼克贝》和《雾都孤儿》。此外，狄更斯本人于19世纪50年代开始现场朗读《圣诞颂歌》，这一做法大受欢迎，狄更斯一直坚持到他过世。

早期，《圣诞颂歌》被改编成剧本的总数大约是《雾都孤儿》的一半，和《马丁·瞿述伟》大致相同。值得注意的是，对于这部只有

1　帕克，又称罗宾·古德费洛，指英格兰民间故事中的顽皮小妖。
2　潘趣，英国传统滑稽木偶剧《潘趣和朱迪》中的鹰鼻驼背滑稽木偶。

"一期"的作品而言，《圣诞颂歌》的改编还是相当可观的。其他大多小说，分二十期连载，跨越多个月，在大众心目中会有一个较长的保鲜期。

狄更斯时代独有的另一大影响因素也不容忽视。1843年通过了《剧院法》，削弱了政府对剧场作品的控制权，但是戏剧审查部门仍然存在，对哪些内容能登上舞台有较大的审核权，主题有丝毫渎神的成分会受到专门审查。祷文、《圣经》引文和描写有头有脸的教会人物时，要经政府审查员的例行检查。因此，《圣诞颂歌》虽然没有宗教色彩，但当时一些稳重或胆小的戏剧公司可能会认为这部作品有一定的争议性。

甚至多年后，1885年爱丁堡的戏剧广告还在热炒这部剧的"道德"噱头。"知名的迪安·斯坦利牧师"担任制作人，他想提醒大家："在西敏寺狄更斯墓前的祷告中，《圣诞颂歌》被宣称是英语语言中最佳的慈善布道书。"

不管是否受限于道德层面的考量，《圣诞颂歌》在接下来的五十年里改编成戏剧的总量确实不及1844年一年的一半。直到20世纪初，这个故事的改编量才有明显增加，这是因为诞生了一种全新的讲故事的形式。

约翰·欧文身为小说家又是狄更斯的仰慕者，他认为狄更斯小说的独到之处在于它更多的是让观众去感受而不是思考。可以这么说，大部分作品的目的是为了娱乐而不是教化大众。因此，如果有一种媒介能完全左右观众的情感，那非电影莫属。

电影制片人很快发现《圣诞颂歌》是取之不竭的宝藏。1901年，英国根据这个故事拍成了第一部电影，这是一部无声电影，叫《斯克掳奇》，或称《马利的鬼魂》。之后大西洋两岸出现了六七部同一题材的无声电影，其中包括托马斯·爱迪生1910年拍的影片。第一部有声电影，也叫《斯克掳奇》，1928 年制作于英国。

1934 年，莱昂纳尔·巴里摩尔主演了一个名叫《圣诞颂歌》的广播剧，广播剧非常走红，后来成了节日传统，持续至 20 世纪 50 年代——他的弟弟约翰·巴里摩尔和奥逊·威尔斯分别有两次接替了他的角色，因为他病倒了。实际上是巴里摩尔系列使得狄更斯的小说成为今天美国家喻户晓的作品。

1935 年英国又出现了一部电影版的《斯克掳奇》，1938 年美国拍摄了一部举足轻重的电影版本，片名叫《圣诞颂歌》，制片人是约瑟夫·曼凯维奇，主演是雷金纳德·欧文。《综艺》杂志夸赞这部影片："高水准的制作，极富灵感的导演，精彩绝伦的演出。"这部电影流传至今。

20 世纪 40 年代出现了新型媒介——电视，约翰·卡拉丹和文森特·普赖斯在电视上演了这个故事的不同版本。1949 年，罗纳德·科尔曼讲述了第一个付费版有声故事。

大多评论家认为狄更斯这个故事的最佳电影版本是 1951 年英国制作的影片《斯克掳奇》（在美国上映时更名为《圣诞颂歌》），阿拉斯泰尔·西姆饰演斯克掳奇，默文·琼斯饰演鲍勃·克拉吉，但可能由于其对斯克掳奇的刻画不充分，这部影片直到 20 世纪 70 年代才开始广泛流行，当时每到圣诞季，这部影片就会出现在电视上。

还有一个著名的改编是音乐剧版本的《斯克掳奇》，1970 年制作于英国，艾伯特·芬尼饰演电影标题中的角色，亚历克·基尼斯饰演马利的鬼魂。这部影片获得多项奥斯卡奖提名，芬尼荣获金球奖音乐剧/喜剧单元的最佳男主角。克莱夫·唐纳曾制作了 1951 年阿拉斯泰尔·西姆主演的那部电影，1984 年他又导演了另外一部颇受好评的英国电影《圣诞颂歌》，乔治·C. 斯科特担任主角。这部影片最初在美国哥伦比亚广播公司的电视频道上播放，斯科特荣获艾美奖最佳男主角提名。

　　基于这个故事一共诞生了二十八部电影，其中包括比尔·莫瑞饰演的一个贪婪的电视台主管（《孤寒财主》，1988）；一个迪斯尼版本，主角是与电影同名的角色史高治·麦克达克[1]；一些卡通版本，主要包括《摩登原始人》《布偶大电影》《艾尔文与花栗鼠》《杰森一家》等。

　　改编丝毫没有停止的迹象。2007年，导演罗伯特·泽米吉斯（影片《回到未来》《阿甘正传》和《极地特快》的导演）宣布拍摄一部这个故事的动画版，邀请吉姆·卡里、克里斯托弗·劳埃德、鲍勃·哈斯金斯、加里·奥尔德曼等人来配音。这个故事的改编非常之多：20世纪至少有两部歌剧版，其中一部是1978年西娅·马格斯雷夫编曲的版本；20世纪90年代帕特里克·斯图尔特在百老汇表演了个人秀；还出了一个圣诞主题版，名叫《斯克拢奇的教义》，演了很多场；地方剧院有多场演出（罗利剧院、北卡罗来纳州剧院和公园剧院演了三十三场；印第安纳保留剧目轮演剧场演了二十五场）；还有不计其数的配音版以及很多的仿作，由洛德·巴克利、斯坦·佛雷伯格等人出演，甚至还有《瘪四与大头蛋》[2]版。

　　据20世纪80年代末的统计，自1950年以来，以狄更斯的"小颂歌"为母本的现场表演、电影、广播剧和电视剧至少有二百二十五种。这个数字还不包括每年无法统计的业余表演和地方演出。《圣诞颂歌》不仅是狄更斯所有作品中"改编"最多的一部小说，而且很难找出第二部作品具有它在西方大众文化中无可替代的地位。

1　史高治·麦克达克，迪斯尼创作的经典动画角色之一，唐老鸭的舅舅，世界上最富有的鸭子，爱财如命。
2　《瘪四与大头蛋》，一部播放于1993年至1997年之间的卡通系列片。片中两位主角的对话低俗而且无逻辑可言，却意外掀起一阵狂热。

现代对其作品进行如此广泛的"重新创作",却没付他任何报酬,要是狄更斯知道这一切,一定勃然大怒,但他立下的誓言——要给身边麻木不仁的大众"敲一棒大锤"——实现了,他要是能看到自己的"小颂歌"和这个"馈赠的季节"如此紧密地联系在一起,或者说已经成了这个节日的代名词,他一定感到欣慰。缺少《圣诞颂歌》的圣诞节似乎是不完整的,一本一百五十年前出版的书对今天的圣诞节仍然有如此大的影响,简直不可思议。毋庸置疑,这个故事历经数代人影响力却丝毫不减,据此很多评论家说狄更斯是发明圣诞节的人。

15

当然，狄更斯自己不会如此断言。据历史记载，他非常了解圣诞节的传统，很喜欢这个节日，创作《圣诞颂歌》之前写过多篇热情洋溢的圣诞文章。狄更斯的前辈们声名显赫，从他们的作品中可以看出，狄更斯并非凭借一己之力构想出圣诞节及其各种节日活动。

早在1712年，约瑟夫·艾迪生在《观察者》杂志上连载小说《和罗杰爵士一起过圣诞》，他让小说的叙述者为圣诞节背书："穷人饱受贫穷和寒冷之苦，如果他们没有快乐，没有温暖的火炉，没有圣诞节的欢声笑语，那该多凄凉！我愿在这个季节给他们可怜的心灵带来快乐，看着全村人在我的府第尽情狂欢。"

在近一个世纪之后的1808年，沃尔特·司各特爵士出版了长诗《玛密恩》，在其第六诗章伊始有一段生动的对圣诞节宴席的描写："火里添了干柴/火苗冲进烟囱……大量的美酒盛在精致的棕碗里/丝带作装饰，被打成的欢快的结/熏蒸了一大块牛腰肉；紧挨着/李子粥和圣诞派。/老苏格兰人不会错过烹制/她的咸鹅，在这隆重的时刻/狂欢的戴面具者走了进来/欢快的颂歌嘹亮高亢。"

华盛顿·欧文进一步美化了圣诞节的庆祝活动及其意义，开始写圣诞主题的《见闻札记》，他写道："英国人……对节假日总是情有独钟，这些特殊的日子打破了乡村生活的安静，却不招人厌。从前，他们十分虔诚地参加圣诞节的宗教和社会仪式。"

欧文继而描述了圣诞节的种种特征，今天的人会把这些特征当作是"维多利亚时代"或"狄更斯时代"的圣诞节，其实不然，欧文认为这些风俗习惯在当时的英国长期遭到忽视，譬如"无拘无束的快乐和友谊，这正是这个节日所提倡的。它似乎敞开了每一个大门，敞开了每一颗心灵。它把农民和贵族连在一起，各个阶层的人聚到一块儿，充满了欢乐和友善。哪怕是最穷的村庄也会用绿色的月桂和冬青来装饰屋子，迎接圣诞的到来——欢乐的火苗，它的光芒透过花格子屏风，吸引路人打开门闩，加入簇拥在壁炉前闲聊的人群，他们用经典的笑话，常是圣诞故事打发漫漫长夜"。

欧文和其他一些作家深谙圣诞节的意义，推崇圣诞节的传统礼仪。诚然，他们有理由表达自己的不满。当12月25日降临彼时的伦敦，这座城似乎无动于衷，缺乏浪漫气息，因为克伦威尔和清教徒反对圣诞节，况且工业社会的生活又是如此单调乏味。尽管艾迪生、司各特和欧文创作了打动人心的感伤作品，勤劳的艺术家、作家和出版商编写了圣诞年鉴和应季的圣诞刊物（包括狄更斯本人），但是在1843年之前从未出现过《圣诞颂歌》这一类型的书。

狄更斯有别于他人的地方在于他坚信能找到救治同胞的灵丹妙药，而他多愁善感的前任们，比如欧文，似乎只满足于哀悼传统的圣诞活动已成为明日黄花。狄更斯的做法是恢复圣诞节的地位，而不是哀叹它的消逝。

并且，狄更斯的故事不仅仅描写这个节日以及它的方方面面，更把这些内容植入了角色及他们的行动之中。它采用"鬼故事"，亦可称为童话故事的形式，这种形式非常适合传递友谊、同情、慈善这些概念，把这些概念从抽象的范畴变为触手可及且能被普通观众感同身受的具象。更为巧妙的是，当作者把鬼魂安排成故事人物，并将超自然现象写进故事时，他同读者达成了一个心照不宣的约定：虽然过程是真实的，但是事件本身是虚构的，不必当真。这样，读者就能放心地进入这个"鬼故事"，寻找乐趣，不至于心存戒备，怀疑作者是否在兜售什么价值观念。

当然，大多作家运用鬼故事写作时并没有去"图谋"读者。逃避现实文学的创作目的不外乎为了增加刺激感、使人惊讶，《圣诞颂歌》确实也有不少这种成分，但这部作品的真正目的是站在穷人和不幸者的立场上，"敲一棒大锤"，关于这一点狄更斯阐述得非常清楚。因此，这部作品的魅力在于他用了一个具有欺骗性的形式达到了一个严肃的目的。从此，很多作家开始把"鬼故事"这一文学类型和严肃主题联系在一起，如亨利·詹姆斯（《螺丝在拧紧》）、雪莉·杰克逊（《山宅鬼惊魂》）。但历史证明，狄更斯是第一位如此娴熟地运用鬼故事的作家，他拯救了一个被冷落的节日，受压抑的西方世界因此而复苏。

狄更斯的故事受到大众的追捧或许还有其他原因，比如维多利亚女王嫁给了一个德国丈夫，他把自己偏爱的某些节日标志和风俗习惯带了过来，使其在英国流行，包括现在必不可少的圣诞树及其装饰，成堆的礼物，当然还有德国人的一些重要观念，比如重视家庭团圆和社区集体庆祝。

但是狄更斯给予同时代人最重要的馈赠是提供了一个耶稣诞生故事的世俗版，毕竟这才是圣诞节的本源。

狄更斯虽然在名义上是圣公会信徒，但是他公开批判宗教团体，尤其当他发现他们宣扬的仁慈的基督教的实际行为与其教义背道而驰的时候。许多评论家认为狄更斯在其短小的圣诞寓言故事中——有意识或无意识地——赞颂了耶稣诞生的荣耀，他提倡的一些做法都来源于基督教教义：在教育机会上强调慈善和同情；人性化的工作环境；人人都能过体面的生活。庆祝一个救世主诞生于一个人类家庭固然重要，但同样重要的是要去歌颂并保护好这个家庭单位。

在《圣诞颂歌》中，读者最同情的是瘸腿的小丁姆，并非耶稣圣婴。当斯克�奇在另一个世界看到那个孩子已经死了，读者本能的反应是故事后面的重要情节将围绕如何挽救这个尘世的孩子展开。

小丁姆的形象来源于狄更斯记忆深处病恹恹的弟弟，狄更斯管他叫"小弗雷德"。这个形象塑造得非常"逼真"，以至于当今有医生研究小说中的孩子到底得了什么病。有位研究人员认为小丁姆罹患一种肾病，在今天被称为肾小管性酸中毒，这一症状会导致发育迟缓，骨头无力。1844年，这个孩子要是有条件被送去医治，医生可能不会管这种病叫这个名字，但他们能辨认其症状，采用当时已有的且有效的食疗法医治。

小丁姆和小弗雷德更有可能患的是当时城市里常见的佝偻病，因为阴霾挡住了阳光，阻断了维生素D的摄取。在没有维生素替代物的年代，孩子非常容易患这种病，症状是骨密度降低、肌肉无力以及骨质疏松。这些症状可以通过改善饮食来逆转，克拉吉家的伙食可以得到改善，只要斯克掳奇给他涨工资。

抛开医学诊断不谈，《圣诞颂歌》对家庭的推崇成了维多利亚时代思想的基石，为此，一些当时的有识之士把狄更斯奉为神明。犹太裔作家本杰明·法吉恩非常崇拜狄更斯，受其世俗人道主义的启发，他于1866年至1904年间出版了近六十部小说，其中一些圣诞故事的写作手法与狄更斯非常相似。法吉恩受到英国舆论界的高度赞扬，被认为是"宣扬富人和穷人手足情深的传教士，是狄更斯以来最有影响力、最生动、最仁慈的作家"。至今仍有一些犹太家庭秉承法吉恩的思想，他们虽不接受这个节日的基督教内涵，但仍会在这个日子里点燃一盏象征团结和爱的"哈努卡灯"。

狄更斯创作《圣诞颂歌》的年代恰逢知识分子的力量迅速聚集，他们将对传统的宗教思想予以一连串的重大打击。达尔文的《物种起源》出版才十六年，虽然整个世界还要等上一段时间才能听到弗洛伊德的思想，但是人类不久会意识到，所谓的人是高贵的生物，诞生于神圣之火，花了六天时间才造出来的观念将会被取代：人不过是历史漩涡里的一颗沙尘，从远古的海泥中演化而来，没有丝毫的神性，人类意识的形成不过是刺激和反应作用的偶然，人类的命运完全受宇宙控制，和其自身的存在没有任何关联。

现代科学思想对普通人的心灵造成了巨大的冲击，与之相比，狄更斯对耶稣教义的阐释提供了一个舒适的避风港，不仅对狄更斯同时代的人如此，对今天的读者也一样。《圣诞颂歌》里没有"神圣"的鬼魂，只出现了俗世的幽灵，这无疑为身处思想动荡年代的读者提供了另一种慰藉，成了指南针和精神支柱。狄更斯的故事为何能历久弥新，除了内容饶有趣味外，故事的主旨同样不容小觑。

无论狄更斯这部作品的道德根基有何魅力，不可否认的是它对我们文化所产生的持久的现实影响，这不仅限于一年一度遍地开花的戏剧表演。斯克掳奇的名字已经收入我们的词汇，是"吝啬鬼"的一种通俗表达（"斯克掳奇"在狄更斯时代是一个动词，意为"挤压，压榨"，它来源于一个古英语词 scruze）；"呸！胡说八道！"已成为一个流行的应答语，当一个人听到荒唐或过分情绪化的陈述时就会自然地套用这个表达。更为有趣的是，当斯克掳奇差遣街上的一个顽童买那只特号火鸡送到克拉吉家时（提醒你，是那只大的特号火鸡，不是那只小的），这一句话对英国经济产生了深远的影响，后来甚至影响到了美国。

"你去把它买下了，叫他们送到这儿来，让我好吩咐他们把这东西送到哪儿去。你跟铺子里的人一起回来，我给你一个先令。如果不到五分钟就跟他一起回来，我给你半个克朗！"

那孩子像一发子弹似的飞奔而去了。如果有人放枪能放得一半这么快，那他已经可以算是一位射击能手了。

"我要把它送到鲍勃·克拉吉家去，"斯克掳奇小声说，搓搓双手，笑得捧着肚子，"不让他知道是谁送的。这只火鸡有两个小丁姆那么大……"

他写地址时，手都有点抖了；但是不管怎样，他到底把它写出来了，而且走到楼下去把临街的大门打开，等候那鸡鸭铺的人来……

"——火鸡来啦。喂！呵呵！你好哇！圣诞快乐！"

这才真是一只火鸡哪！它绝对不可能靠着自己的腿站立起来，这只火鸡。它会在一分钟里就把它的腿都折断，像两根封口的火漆棒似的。

"嗐，要把它拎到堪姆登镇去是办不到的，"斯克掳奇说，"你得雇一辆马车去才行。"

他说这句话时的格格笑声，和他付火鸡钱时的格格笑声，付马车费时的格格笑声，以及他酬谢那小孩时的格格笑声，及不上他气喘吁吁地重新在他椅子里坐下时的那一阵格格笑声，而且直笑得淌出眼泪来。

狄更斯小说的结尾有这样一小段精彩描写，在这之前，英国圣诞节餐桌上传统的大餐是鹅。据说，受《圣诞颂歌》的影响，全国的养鹅业几乎灭亡。伊莎贝拉·比顿作为美食权威，在 1868 年出版的《伊莎贝拉·比顿女士每日烹饪和家务管理》一书中煞有介事地提醒读者：

火鸡烤着吃或煮着吃都是一道上等菜。对于当今帝国的中产阶级而言，一道圣诞大餐要是少了火鸡是不般配的。一位受人尊敬的男主人，身体微胖，在快乐仁慈的节日里，切着火鸡，还切得有模有样，世上恐怕没有比这更令人美煞的画面了。

美国有大量的野生火鸡，以前火鸡和鹅都是美国节日餐桌上的佳肴。现在，大鹅被冷落在一边，每年饲养的火鸡将近 2.7 亿只，全都销售一空，其中约四分之一是在感恩节和圣诞节之间的一个月里被吃掉的。或许是秉承了获得新生的斯克掳奇的传统，美国主人的慷慨程度要视圣诞树的高低和从菜市场拖回来火鸡的大小来定。

在《圣诞颂歌》里费昔威的派对上以及书中其他几处提到的许多装饰和娱乐活动，并非都是狄更斯的原创，大多都是传统风俗通过狄更斯精彩的文学创作而实现了新瓶装旧酒，比如烧得滚烫的壁炉、果肉馅饼、祝酒时用的大酒杯、唱颂歌、梅子布丁、冬青树枝、槲寄生、拉小提琴和跳舞、摸瞎子游戏、室内罚物游戏，这些内容在之前的节日中都出现过，但是狄更斯这个故事的作用在于把这些元素融入了圣诞节，并且使它们成为一个得体的圣诞节必不可少的组成部分。

另外，一些这本书"未提及的"圣诞习俗同样值得玩味——有人不禁把今天大肆收送礼物之罪怪在狄更斯头上。尽管这本书强调慈善的概念，但《圣诞颂歌》里并未出现过礼物或是包装精美的礼品。除了故事结尾时斯克掳奇对鲍勃·克拉吉的慷慨施舍，故事角色之间传递的最有价值的礼物是爱和善意。

还有一些习俗与狄更斯和维多利亚时代的圣诞节有关联。比如，第一张印刷体商业圣诞贺卡正是出现在《圣诞颂歌》问世的那年圣诞节，出自亨利·科尔爵士和约翰·C. 霍斯利之手。当时的贵族一般通过私人信件或名片表达节日祝福。1841 年，维多利亚女王写了封信给墨尔本勋爵，信纸上"装饰了许多古色古香、有趣的圣诞节图案"，墨尔本勋爵身为绅士，立即回信写道："致以最真诚、最热情的圣诞节祝福。"

据记载，圣诞节卡片始于1843年。当时名噪一时的科尔是位公务员兼工业产品设计师，被认为是第一枚邮票的设计者。圣诞节即将来临，他感到时间紧迫，为了把个人祝福早日送出，他聘请了好友画家约翰·C. 霍斯利制作1 000幅平版印刷的图画，印在卡片纸板上。

显然，卡片描摹了费昔威的家庭氛围，上方有个条幅写着给卡片收信人的祝福语："圣诞节快乐！新年快乐!"虽然卡片上大人和孩子觥筹交错的画面遭到了部分禁酒领袖的批判，但是仍有一些有意思的侧画，勾勒了赠予生活不幸的人食物和衣服的慈善行为——总体而言，就是《圣诞颂歌》主题的立体再现。

亨利爵士的创意在英国很快流行起来，但是经过了至少三十年，这一创意才落地美国。1875年，波士顿印刷商路易斯·普朗开始印刷这类贺卡，虽然是一个土生土长的德国人，但是他因此获得了"美国圣诞贺卡之父"的称号。普朗发现这一行很难做，他设计的精美的贺卡对于美国市场而言价格太高，19世纪90年代初，他破产了，被竞争对手挤出了市场，因为对手的商品一份只卖一分钱。从那一刻开始，这个行业就火起来了，今天英国和美国每年的圣诞贺卡销量超过10亿张。

同样，很难想象真正的维多利亚时代的圣诞节会没有圣诞树，尽管《圣诞颂歌》中既没有文字描述也没有圣诞树的插画。但显然，狄更斯喜欢这个标志物。1850年，他写了一篇随笔，记录了他对童年圣诞树的记忆，这篇随笔成为他最流行的作品之一。艾伯特王子娶了维多利亚女王，他或许因此让英国人喜欢上了德国的圣诞习俗（神话传说中将冷杉等同于《福音书》中的生命树，将它转化为耶稣诞生的一大标志物），但是狄更斯的随笔清楚地表明，早在 1840 年王室婚礼之前，就已经有摆放圣诞树的习俗。宫廷历史学家记载了乔治三世的妻子夏洛特于 18 世纪 80 年代至 90 年代间装饰、点亮常青树的工作，这已成为圣诞节日习俗的一部分。维多利亚女王写过 1833 年圣诞节的美好童年回忆，其中就有"树上挂着灯和糖果装饰"的描写。

同狄更斯一样，维多利亚和艾伯特都极力提倡圣诞节，他们自 1840 年结婚后每年都在温莎城堡摆放一棵树的做法极大推广了圣诞树的习俗。1848 年，《伦敦新闻画报》上刊登了一幅版画，画的是皇室一家围着一棵装饰的树，树下摆放了许多礼物。竞争对手《泰晤士报》又用扣人心弦的词句描述了这棵树："每个树干上摆了一打蜡烛。树干下悬挂着精美的托盘、篮子和糖果盒，还放了各种糖果，各种形状和颜色的都有，十分漂亮。"次年，《伦敦新闻画报》和其他杂志都出了圣诞专栏和特刊，建议读者如何去装饰树、包礼物、筹办圣诞派对以及如何正确摆放槲寄生、冬青树枝和常春藤。

《伦敦新闻画报》的这幅版画稍作修改后——去掉了女王头顶上有冒犯性的三重冕[1]——在美国的许多出版物上重印，其中包括 1850 年的《高黛仕女书》[2]，但对新大陆而言，摆放圣诞树的习俗并不是什么新鲜事。尽管有人认为德国军队把圣诞树带到了美国（据称华盛顿 1776 年能成功穿越特拉华州是因为黑森人[3]在忙着过圣诞），但这一说法并没有文献支持。第一次有文字记载的圣诞树的问世来自 19 世纪初造访宾夕法尼亚州荷兰郡的一位游客，荷兰郡离宾夕法尼亚州的市区兰开斯特不远。随后 1838 年出版了一本旅游手册，介绍了宾夕法尼亚州边境这一古老而奇特的习俗，从此，这一习俗就传播开了。

1　三重冕是过去天主教教宗所戴的三层冠冕，由主教冠和三面王冠组成，后有两条垂带。
2　《高黛仕女书》是一本美国的女性杂志，出版于 1830 年至 1848 年间。
3　美国独立战争时期，英国在德国招募了去美国作战的黑森雇佣兵。

第一批市场上买卖的圣诞树出现在 1848 年的费城。19 世纪中叶，由于狄更斯对圣诞主题大肆渲染的文章传到了大西洋彼岸，卡茨基尔山脉上的树被砍了下来，由卡车运到了曼哈顿的繁华地段。1856年，第一棵圣诞树矗立在白宫，但直到 1923 年才开始了每年点亮全国圣诞树的仪式。现在美国有个全国圣诞树联盟，声称拥有 2.1 万名注册种树人，是每年销售的约 3 500 万棵圣诞树的主要供应商。

还有最后一个重要的圣诞节标志不得不提，一般认为该人物源自美国作家哥伦比亚大学教授克莱门特·克拉克·穆尔的作品。1822年，穆尔出版了他的传奇诗歌《圣尼古拉的造访》，又名《圣诞节前夜》，主要描写了一个来自荷兰传说中的人物。华盛顿·欧文曾在他的随笔中对这一人物作过深入探讨。圣尼古拉的形象被穆尔颠覆了：之前他有点像一位未卜先知的判官，一年到头随时会现身，表现好的男孩女孩能得到他的礼物，表现不好的会受到严厉的棍棒惩罚；转变之后的形象则成了一个快活的老精灵，他出现的时机已经定好了，每年的圣诞节前夜，他悄悄进入屋中，谁都不会被惊醒，"连老鼠都察觉不到"。久而久之，圣尼古拉的荷兰语缩写 Sinterklaas 被译为英语"圣诞老人"。

不久，穆尔从他的荷兰传说里找到的那个瘦削的"圣诞老人"又变成了活泼可爱、系着红腰带、圆滚滚的精灵，这一新形象的流行得益于 19 世纪 60 年代《哈珀斯杂志》的插画家托马斯·纳斯特。最终，圣诞老人演变成了我们今天所熟知的蓄着胡子、胖乎乎的百货商店里的样子。这一圣诞老人形象得益于哈登·H. 桑德布卢姆 1931 年为可口可乐公司季节性促销活动画的一幅插图。现代的圣诞老人经常手抓一根烟斗，这个做作的动作可以追溯到欧文的年代，但是 1964年之后这个多余的手势被摈弃了，因为当年美国卫生局局长公布了吸烟和肺癌关联度的报告。

可以肯定，狄更斯一定非常了解他美国朋友欧文的作品（正如《帕利的图解图书馆》的写手休伊特所指出的），并且穆尔的诗歌于1843年已经流传至英国。尽管《圣诞颂歌》刻画的三个快乐的圣诞精灵与美国圣诞老人的出处有所不同，但他们之间有一些耐人寻味的关联。现在圣诞节之灵出现在斯克搂奇面前时，坐在一大堆东西上，靠近房间的火炉，房里装饰着冷杉树枝、冬青、槲寄生、红浆果和常春藤。

> 穿着一件朴素的绿色长袍，或是大氅，周围用白色的毛片镶边。这件衣服宽松地披在它身上，它那宽阔的胸部都露了出来，仿佛不屑被人为的衣饰所护卫或遮掩。从衣服大量的褶裥下面，看得见它的一双脚也是赤露着的；它的头上不戴别的东西，只有一个冬青编的花冠，上面到处点缀着闪闪发光的冰柱。它那深褐色的鬈发很长，随意地披着，就像它那和蔼的脸庞、闪光的眼睛、张开的手掌、愉快的声音、自在的举止和快乐的神情一样自由不羁。

这显然不是精灵，而是一个健壮、有活力的圣诞之父的形象，是这个节日的幽灵，而这个世俗的幽灵形象在狄更斯之前的作家笔下常被描绘成年老体衰。狄更斯的幽灵形象被健忘的大众和充满敌意的狂热清教徒逐步削弱了。值得一提的是，穆尔和狄更斯在他们各自的圣诞故事中都把一个有着复杂道德包袱（大棒和糖果兼施）的传统人物变成了一个毫无争议的慈善人物。其实，英国人迫不及待地把圣诞老人融入自己的节日传统，正如美国人迫不及待地把斯克搂奇、克拉吉和小丁姆融入他们的文化。在今天的英国，圣诞老人已成了圣诞节的同义词，在大西洋的任意一边观看《圣诞颂歌》的表演时，当看见斯克�'s奇遇见第二个圣诞幽灵，观众会十分自然地想到快乐的圣诞老人形象。

没有人敢断言自己创造了圣诞节，当然——可能要除了以他的名字命名这个节日的人[1]。但是查尔斯·狄更斯凭借个人的巨大影响力以及和维多利亚时代一切事物的关联，使这个可以追溯到基督教之前年代的传统节日脱胎换骨。他功不可没，不仅恢复了被遗忘的习俗，而且增加了一些当今节日中必不可少的内容。彼得·阿克罗伊德和另外一些现代评论家认为狄更斯凭借一己之力创造了现代圣诞节的思想，即使这样的断言有些自负，但它并非空穴来风。即便狄更斯没有发明圣诞节，那也肯定是他重新塑造了这个节日。

我们再来考量一下当时的时代背景，大英帝国发展到了全盛时期，科学和工业的进步使西方人深信自己是命运的真正主宰，《圣诞颂歌》的主题显然是其广受欢迎和广施影响力的真正原因：有团结的家庭作后盾，有教育和慈善，有个人为集体的慈善捐助，同时仍不忘抽出一点时间庆祝节日，做到了这些，无知和贫困这类问题便可从世界上消失。

在狄更斯目睹其不断发展的新时代，这些观念不仅得到大家的认可，而且令他们深信不疑。即便在今天，观众读起他的"小颂歌"——他的"大锤"——依然有勇气分享他的梦想，这足以证明他的远见卓识。

---

1 这里指的是耶稣基督。圣诞节的英文 Christmas 中的"Christ"正是耶稣。

第四章

地久天长

16

研究狄更斯的学者保罗·戴维斯指出，《圣诞颂歌》颠覆了传统民间故事的呈现次序。传统民间故事一般起源于口口相传，后来才被写成文字，但是狄更斯的故事刚好相反。戴维斯说，他的故事诞生之时已经是个形式完整的"完美"作品，在随后的一个半世纪里，原著迅速扩散，像一个太阳爆裂成了超新星。这部小说成千上万的改编版和戏剧版——所有这些复述和"重新创作"——已将一部文学作品变成了西方文化基因的一部分。"无论是幻化为莱昂纳尔·巴里摩尔还是马古先生[1]，"戴维斯说，"斯克掳奇已成为共有的文化财产，深深植根于我们的意识之中，就像乔治·华盛顿、迪克·惠廷顿[2]、梅林[3]和摩西奶奶[4]。"

很多作家可能都有这样一个不愿说出口的梦想：写一部这样的"传世之作"。写作生涯的一大谜题是没有一个作家能亲眼目睹自己作品的命运。狄更斯完成《圣诞颂歌》后，他知道自己创作了一部高水平的作品，但是他无法预测这将是他所有作品中最受欢迎的一部。1844 年 11 月初，他从热那亚[5]写了封信给米顿，声称自己确信能写出一部超越《圣诞颂歌》的作品。

---

1 马古先生，西方家喻户晓的动画形象，诞生于 1949 年，20 世纪 60 年代根据狄更斯《圣诞颂歌》改编的短片《马古先生的圣诞颂歌》成为每年圣诞节都要播放的经典动画片。

2 迪克·惠廷顿，英国家喻户晓的民间故事《迪克·惠廷顿和他的猫》的主要人物。

3 梅林，英格兰及威尔士神话中的传奇魔法师，他法力强大同时充满智慧，能预知未来，还会变形术。

4 摩西奶奶（1860—1961），美国画家，安娜·玛丽·罗伯逊·摩西的别名，1927 年丈夫去世以后开始以绘画为消遣，作品 1 000 余幅，多表现美国乡村景色，画风质朴。

5 热那亚，意大利北部港口城市。

他辛苦地为布拉德伯里和埃文斯写一本新的节日书，他解释道："我没给你写信的原因，显而易见，无需解释了。我快把自己累死了，这个月一直在工作。"他和他的这位律师继续说道，他无法"从故事中摆脱出来，结果觉也睡不好，还得在这要命的气候下工作，被折磨得心力交瘁，我现在像一个酒鬼一样神经兮兮，像一个杀人犯一样形容枯槁"。

他给福斯特写道，他一早七点钟起床洗个冷水澡，吃点儿早饭，就开始"拼命地工作，满腔热情，一直干到三点左右"。他"迫不及待地要写完"，狄更斯对他的老友说道，"好好羞辱一番那些冷酷无情、道貌岸然的人"，这里指的是读者能从中获取的教诲。最后，他终于完成了，几周后，他高兴地写信给米顿："我认为自己写了本了不起的书；会把《圣诞颂歌》轰出场外。它会引起极大的反响，我敢保证。"

今天的读者可能认为《教堂钟声》并未实现这个目标，但这部《圣诞颂歌》的续篇在狄更斯时代并非一部失败的作品。该书出版于1844年12月16日，扉页上出版者的署名是查普曼和霍尔，因为他们为布拉德伯里和埃斯文销售图书。书的副标题是"辞旧迎新的钟妖故事"，插画作者是利奇、理查德·多伊尔、电影脚本作者克拉克森·斯坦菲尔德以及狄更斯的好友丹尼尔·麦克利斯（他1839年画的狄更斯的油画肖像今天仍挂在国家肖像馆）。

这本书讲的是勤杂工托比·维克（"特罗蒂"）的故事，他越来越感到劳工的生活没有价值，没有意义——圣诞节前夜，女儿梅格登门拜访，宣布将和多年的未婚夫理查德于次日完婚，即便这个消息也排遣不了特罗蒂的郁闷。当天很晚的时候，他游荡至附近教堂的阶梯边，被一股神秘力量带到了钟塔的阶梯上。他在塔楼里遇见了妖怪，他们是钟妖。钟妖立即告诉他，他已从塔上摔下，摔死了。

妖怪带他目睹了一系列悲惨的未来场景，高潮部分是他的女儿梅格正要淹死自己和她的孩子，因为她对现在的酒鬼丈夫理查德失望透顶。特罗蒂之前深信穷人和不幸的人的命运是由他们的本性决定的，但他现在意识到，梅格和理查德的悲剧是别人的贪婪和压迫造成的，他们并非生而软弱。所有的男男女女都有可能成功。惴惴不安的特罗蒂向妖怪忏悔了他思想上的错误，宣称人类性本善，所有的幻景随之消失。醒来的时候，他发现已是新年的早上，因为有了和妖怪的这次邂逅，他决定在当天女儿婚礼上多制造一些欢乐。

狄更斯10月6日从热那亚写信给福斯特抱怨，他无法使自己静下心来写新书，部分原因是市里咣咣当当的钟声，像是来自阴曹地府，永不停歇。仅过了两天，他又写信宣称终于把小说的题目和"情节机制"[1]想出来了。"创作《教堂钟声》的时候，我一直处于亢奋状态"，他对福斯特说，他宣称能预见"在这本小书里，对穷人的当头一棒……如果说我真有什么意图的话，我想它能抓住时代的命脉"。

11月3日他完成了这本书，画上最后一个句点的时候，他对福斯特说，他"大哭了一场"！12月初他回到伦敦，审读修改稿，并把这个故事读给许多朋友听，其中包括演员兼制作人威廉·查尔斯·麦克雷迪。狄更斯朗读的时候，麦克雷迪大哭了起来，至少据作者本人所言是这样。

这本书于12月16日出版，同一天在阿德尔菲剧院上演戏剧版，初版2万本，几乎被一抢而空。虽然这本书包装精美，有一个镀金的红封面，但是狄更斯和出版商从《圣诞颂歌》中汲取了教训，没有再加手工着色和彩色版。因此，狄更斯这本书的利润比他预估《圣诞颂歌》迅速兑现的1000镑还要多一点儿，确切数字是1065镑8先令2

---

1 情节机制，指的是文学作品中的人物、事件和背景。

便士。但一开始就有迹象表明，《教堂钟声》无法长久抓住时代的命脉。这本书的舆论显然是毁誉参半，普通大众虽然冲着他的第一本圣诞书买了这一本，但是他们发现这个故事比前一本写得沉闷得多，而且太悲观。让个小妖怪拄拐杖也就算了，但是让一位母亲打算把自己和孩子淹死，显然过分了。

还有一些考虑不周的地方：《教堂钟声》的妖怪特征不明显，同出没于斯克掳奇卧室的四个令人印象深刻、个性鲜明的鬼魂相比，它们既不够奇特，也没感染力；特罗蒂本人经历冒险之后的改变，也不及他的前任彻底。他倾向于同身边的人保持距离，撇清关系。有些时候，作者似乎在刻意引导读者如何理解这个故事。

影响最大的或许是未把圣诞节写进故事。狄更斯想在他的读者中产生同样的情感共鸣，又不想照搬第一部圣诞小说，这一点完全能理解，可尽管他找到了《教堂钟声》的"情节机制"，并以此为豪，但他没有考虑这样做的后果：把圣诞节抛在一边，就意味着让自己同两千多年的神秘力量和隐藏情感割裂开来。尽管圣诞节因为清教徒的狂热反对和工厂主照常开工而遭冷落，但和圣诞节相比，新年不过是苍白无力的后来之物。

狄更斯仍然坚持每年写本圣诞图书的想法，但1845年秋天，狄更斯搬回了伦敦，同布拉德伯里和埃文斯一道，忙于筹办新早报《每日新闻》。这个项目的初衷是让狄更斯主管一家大规模的自由报纸，以《泰晤士报》《晨报记事》和《早报》为竞争对手，预期会得到一群铁路大佬的鼎力支持，他们与布拉德伯里和埃文斯共同投资该项目，狄更斯被这个想法打动了，接受了报纸主编的工作，答应按期供稿。

狄更斯还是挤出时间写了第三本圣诞书，尽管这本《炉边蟋蟀》和圣诞节并没有明显的关联。故事讲的是一个年轻的劳工如何打消了对他年轻貌美的妻子不理性的猜忌，因为有天他看到妻子和神秘的陌生人聊天。善良的主人公通过小说标题中的蟋蟀，认识到自己的错误，这点儿超现实主义是这部小说同它之前名声大噪的圣诞书的全部关联。这本书同样反映了狄更斯所谓的"颂歌哲学"，它体现在"一个好的脾气"以及"文章的肌理之中，每每提到家和壁炉，都充满着欢声笑语、宽厚仁慈和无尽的喜悦"。

这部小说同样只字未提圣诞节，但同《教堂钟声》一样，这并没有阻止它在商业上的成功。《炉边蟋蟀》的戏剧版与图书同步，于1845年12月20日在莱塞姆剧院上演，连演六十场。到了1月，伦敦出现了十七个版本的戏剧改编版，图书重版两次，作者得到的报酬是1 022镑。在狄更斯的余生以及整个19世纪，这个故事的改编次数超过了《圣诞颂歌》，连狄更斯自己也创作了一个供他在大众前朗读的版本，19世纪50年代，他在多个场合朗读了这个故事。

1846年，狄更斯住在瑞士，终于回到长篇小说的创作之中，这部作品叫《董贝父子》，但是狄更斯还是强迫自己写了第四部圣诞书《人生的战斗》。他向福斯特倾诉，他每次想到这个故事中的情节都会心头一沉。再一次，圣诞节并没有出现在故事之中，故事讲的是一位年轻的女子把自己的爱人献给了她姐姐，在此过程中改变了父亲愤世嫉俗的人生观。狄更斯抱怨短篇受篇幅的束缚，没有超自然的"情节机制"，以及把《董贝父子》搁在一边的罪恶感。他早在9月就提醒他的朋友，1846年可能不会再写圣诞书，完成之后，他也向福斯特坦言："我的确不知这本书有何价值。"

一些评论家倒是乐于评说这本书："夸大其词，荒诞不经，不可能有的情感。"这就是《记事晨报》对他在《人生的战斗》中所作努力的评价。绝大多数都是一边倒的负面评价，这足以说明《记事晨报》的编辑并非因为狄更斯一时冲动要和他们成为竞争对手才对其作品恶语相评。（狄更斯不堪每天编辑出版一份报纸的工作强度，《每日新闻》发行三周不到，他就辞去了职务。）尽管如此，《人生的战斗》在出版的第一天就销售了2.3万本。戏剧改编虽极少，但狄更斯还是收到了来自这部戏在莱塞姆剧院上演的100镑酬劳，这笔钱出自他的演员朋友罗伯特·基利（基利还制作了《教堂钟声》和《炉边蟋蟀》两部戏）。

他全身心投入《董贝父子》的创作中，因此1847年无暇再写一本圣诞书。《董贝父子》每期销售多达3.5万册（同一时期，萨克雷的《名利场》的销量只有5 000册）。但是，"不愿放弃这笔收益"，狄更斯对福斯特透露。1848年10月，他开始创作第五部也是最后一部圣诞系列图书。花了近一个月的时间，正如他所写道的，"对着一叠稿纸一筹莫展"，他写信给伯德特·库茨小姐说道，僵局终于被打破了。"我有了一点灵感……具有一些圣诞节的元素"，他告诉自己的老友，并于11月30日在布莱顿完成了小说《着魔的人》，这部小说把他"眼珠子都快哭出来了"。

这个故事的主角是意志消沉的学者莱得洛，当他回想起身边过世的亲人和自己遭遇过的欺诈以及悲惨的童年，他深陷绝望。圣诞节前夕，莱得洛遇到了一个幽灵，它不仅消除了他所有的痛苦记忆，还把这个能力传授给了他。这个能力其实是一个诅咒，莱得洛逐渐明白，没有痛苦的经历，人类也无法甄别快乐。

当他请求解除诅咒时，幽灵却不予理睬，命令他必须先同大学宿舍负责人的妻子米利见面。米利是他见过的真正善良的人，她不仅完全免疫于他的邪恶力量，而且这次邂逅还把莱得洛变回了一个完整的人，懂得感恩和同情。

现代评论家虽然赞扬了小说准确的心理描写及艺术创作技巧（没有了中间几部圣诞书过分煽情的风格），但是故事的内容阴暗，情节复杂，其关注的是内心世界非外部世界，如此这些很难让费昔威、匹克威克这类人及他们的家人跳起欢快的节日吉格舞。狄更斯信心十足地给他的一位朋友写信，告知《着魔的人》在 12 月 19 日首日发行即销售了 1.8 万册，但这个数量同《人生的战斗》相比下滑了近四分之一。实际上，当二十多年后狄更斯逝世之时，库房里仍有滞销的《着魔的人》。

狄更斯从未透露过他为何不再写圣诞书，但有证据让我们推论。1847 年，他歇了一年，专心创作《董贝父子》。1848 年，他谈起《着魔的人》的创作是一件"苦差事"，这表明他有可能在这个主题上江郎才尽了，他意识到集中精力写长篇更切实际。《董贝父子》前四期的销售额足以帮他还清债务，正如福斯特所言，"所有因为金钱而产生的尴尬"都不复存在。

但可能还有一个更加直接的原因。至 1849 年秋，他创作的《大卫·科波菲尔》已小有成果，第一期于当年 5 月出版，他不间断地写这部小说的连载直到 1850 年 11 月才全部完成。故事中的小伙子童年悲惨，饱受欺辱，后来当了议会的记者，又成了一名小说家，很显然，狄更斯在这个故事中运用了很多自传体元素。

另外，就在写《大卫·科波菲尔》之前，大多评论家认为狄更斯会直面童年的创伤，将这些他只跟福斯特提过的经历暴露在"零散的自传"中。我们在《着魔的人》和《大卫·科波菲尔》中看到了挥之不去的不幸童年对成年生活的影响；匆匆一瞥埃伯尼泽年轻时被父母抛弃在寄宿学校，许多这类描写把一个典型的吝啬鬼变成了值得同情的人物，《圣诞颂歌》因此有了巨大的影响力。

所以，认为狄更斯在圣诞主题上江郎才尽的一般观点或许需要加以修正：从《圣诞颂歌》到《大卫·科波菲尔》，狄更斯终于把过去的魔鬼牵了出来，战胜了它们，至少以成功的文学作品可接受的形式解开了心结。若果真如此，那么从一开始一直支撑他走到现在的引擎终于熄火了。

《大卫·科波菲尔》的分期销量虽跌至2万册左右，但是同行对它的评价众口一词，都是正面的。如今，有人认为这是他首屈一指的作品。狄更斯本人宣称，这本书"将事实与虚构复杂地编织在一起"，他全神贯注地投入到创作中，乐此不疲。正如福斯特所说，"一旦投入其中，这个故事就让他无法抗拒……在创作时若遇到打断或暂停，他会最为心烦"。

不管出于何种原因，狄更斯离世之时的确把《大卫·科波菲尔》称作自己"最爱的孩子"。他在1867年版本的序言中写道："在我写的所有作品中，我最爱此本。"

狄更斯在忙于创作《大卫·科波菲尔》的同时，还参与了另一件重要工作，因为工作性质的原因，他又回到了圣诞主题。1850年3月底，他开始出版一本名叫《家庭箴言》的周刊，合伙人有布拉德伯里和埃文斯，他们占四分之一股份，还有福斯特，占八分之一股份。刊物的内容涉及新闻、随笔、诗歌和短篇小说，由狄更斯担任主编，刊物一直发行到狄更斯去世。

这本刊物定价2便士，每期都有狄更斯撰写的社论，还有他本人和圈内好友供稿，好友个个是文化名人，刊物的定位是当年《纽约客》的读者群体，实践证明这本刊物大获成功。第一期卖出了10万册，尽管这个数字不及大众用的1便士一块的抹布，后者的销售额高达30万块，但是狄更斯和合伙人都对这个结果相当满意。之后，《家庭箴言》的销售量稳定在4万册，这为狄更斯提供了一份稳定的收入来源（他每年能获得500镑的工资收入和全部利润的一半），也成为他后半辈子以及事业的重心之一。

杂志主编的工作加上要赶写《大卫·科波菲尔》使得写圣诞书变

得完全没可能，但他的新事业让他可以退而求其次：虽说他没精力出版一本圣诞书，但至少可以在新杂志上做一期圣诞主题，他当然可以在这上面写点东西。

《家庭箴言》的第一期圣诞主题专刊发行于 1850 年 12 月 21 日，其中的九篇文章就有狄更斯纪实文学的代表作《圣诞树》。这篇文章夹杂了散文、回忆录和生活的赞美诗，狄更斯在文章中开门见山，表达了对圣诞节深厚的感情，毫无造作。这篇文章箭无虚发，他以散文体描写了与《圣诞颂歌》相同的童年的好奇、幻想、幽默、庆祝活动和庄严的仪式，与《圣诞颂歌》的区别在于后者用的是记叙体。

狄更斯在文章结尾时重申圣诞树是圣诞节喜庆特征的典型代表："现在，用来衬托圣诞树的有庆祝活动，有歌，有舞，还有欢声笑语。它们都很受欢迎，希望这些活动一直在圣诞树下办下去，永葆天真，一直受欢迎，因为圣诞树枝下没有黑暗的阴影！"

圣诞节的标志是欢乐、善良和友谊，这是这个节日给他留下的不可磨灭的印象，他写到这里本可搁笔，但他又加上了附言："当它插入地面时，我听见叶子在窃窃私语：'这样做是在纪念关爱、善良、仁慈和同情的法则。这样做是在纪念我！'"通过引用耶稣的话和对圣餐的所指，他把庆祝圣诞节的宗教动机和实践活动联系在一起。圣公会的神职人员可能不同意将圣诞树视为圣礼，但对狄更斯而言，圣诞树是教堂和壁炉[1]的完美结合。

1　作者这里用了"提喻"的修辞格，"教堂"指代基督教，"壁炉"指代家庭。

17

如果说从《圣诞颂歌》的创作到《大卫·科波菲尔》的完成，狄更斯在潜意识里一直在和童年的恶魔斗争，那么到1850年《圣诞树》的出版，这个斗争终于画上了句号。即便如此，狄更斯还会有更多的新东西带给大家，无论是在生活上，还是在艺术创作中，就连他最爱的圣诞节他也会有新的尝试。

1850年那期圣诞主题的《家庭箴言》销量飙升至8万册，后来一直到1858年，每年圣诞专刊都能保持这个销量。要不是狄更斯当年与妻子凯瑟琳分居，杂志的黄金期可以一直持续下去。狄更斯和凯瑟琳育有十个儿女，但在过去的十年中与她日益疏远。二十二年的婚姻一朝瓦解，引起了不小的风波，狄更斯为了消除霍格斯家散播的他有婚外情的谣言，他在《家庭箴言》的头版刊登了一个自证清白的声明。

这样的做法看上去令人难以置信——试想本杰明·布拉德利[1]用《华盛顿邮报》的头版来解释一些棘手的私人问题——但狄更斯却让本已尴尬的情形变得更加复杂，他让布拉德伯里和埃文斯把声明再次刊登在《笨拙》杂志上，他们二人从一开始就是该杂志的出版人。布拉德伯里和埃文斯回应说，一个评论社会、针砭时事的杂志刊登这样的内容恐怕不妥，狄更斯大发雷霆，迫使布拉德伯里和埃文斯交出《家庭箴言》四分之一的股份。

布拉德伯里和埃文斯诉诸法庭，声称对该杂志拥有全部所有权，

---

1 本杰明·布拉德利（1921—2014），于1968年至1991年任《华盛顿邮报》的主编。

狄更斯予以还击，关闭了《家庭箴言》杂志，宣布成立周刊《一年到头》。狄更斯似乎证明了糟糕的公众形象对他的事业没有任何影响：新杂志的销量很快上升至 10 万册以上；节日专刊的销售达到了 30 万册，甚至更多，当然这个销量不可能一直保持下去。

19 世纪 50 年代对狄更斯而言是一段动荡的岁月。紧接着《大卫·科波菲尔》，狄更斯创作了《荒凉山庄》（1852—1853），这部颇有野心的作品在当时受到了褒贬不一的评论（福斯特批评这部作品用说教的口吻批判大法官法庭等社会机构），但现代的评论家把它誉为狄更斯的杰作。虽然故事情节悲观，甚至蔑视了同时代的评论家，但事实证明《荒凉山庄》非常受欢迎，每期的平均销量达 3.4 万册，远远高于《大卫·科波菲尔》。狄更斯因此得到了 1.1 万镑的收益，使他成为空前富有的作家。传记作家罗伯特·C. 帕腾仔细统计了狄更斯职业生涯的经济状况，认为《荒凉山庄》使作者成为他那个时代的"文学富豪"。

1854 年，狄更斯开始分期出版《艰难时代》，作为对《家庭箴言》销量下滑的部分补偿，这是自《巴纳比·拉奇》之后狄更斯第一次按周而不是按月连载小说。虽然他抱怨时间紧迫、篇幅受限，但是《家庭箴言》一直是这样的出版模式。小说从 1854 年 4 月 1 日至 8 月 12 日按周连载，使杂志的净利润上涨了 237％。当时的评论家发现这部小说无法读懂，书中的人物好比狄更斯对工业社会严厉批判的密码。作者这时已到不惑之年，正如《艰难时代》所反映的，他年轻时的乐观精神已被消磨殆尽，希望已被一个截然相反的态度所取代。

1855 年底，狄更斯开始创作他的第十一部小说《小杜丽》，按月连载，这次狄更斯和布拉德伯里和埃文斯新签了合同。之前签的八年合同到期了，狄更斯商定了一个新协议，不仅略微降低了出版商的利润分成，还给了自己随时终止合作的自由。评论家再次发现这部小说的情节老套：写的是杜丽一家从贫穷走向富裕，第六期甚至描写了一家人被关进了马夏尔西欠债人监狱，但是小说每月的销量却仍高达 4 万册。"这是了不起的成功，"狄更斯向出版商宣告，他在合辑的序中写道，"我从来没有过这么多的读者。"

他似乎也从来没有过这么多的仰慕者。1857 年 6 月，在完成《小杜丽》的空闲期，狄更斯忙于制作一部戏的几场义演，这部戏叫《冰冻的海洋》，出自他的朋友威尔基·柯林斯。他的作家朋友道格拉斯·杰罗尔德不幸突然离世，这几场演出是为了救济他的家人。狄更斯饰演一位体面的北极探险家，在救竞争对手的时候丧生。在几次预演中，包括在女王面前的御前演出，观众感动得泪流满面。这些演出无一例外，标志着狄更斯的成功。但当他们受邀在曼彻斯特宏伟的自由贸易大厅演出时，狄更斯意识到他的业余团队需要专业演员来提升，因为只有他们才能打动剧院里最后一排的观众。

因此，狄更斯聘用了特南一家人，包括母亲弗朗西斯，还有她的三个标致的女儿：范妮、玛丽亚和爱伦。狄更斯就此翻开了人生中最后的华丽篇章。据一位评论家说，在戏剧的最后一幕，楚楚动人的玛丽亚·特南把生命垂危的狄更斯抱在怀里，这时她即兴发挥，情不自禁地流下了眼泪，这一幕让曼彻斯特的观众有了"触电"的感觉。虽然评论家没有发现最小的妹妹爱伦·特南和狄更斯先生在演出时擦出火花，也没发现狄更斯的人生再一次在曼彻斯特舞台上有了重大改变，但狄更斯和"内莉"·特南的绯闻还是很快传遍了伦敦的作家圈。

狄更斯和特南小姐的风流韵事难以查证，部分原因在于狄更斯虽然之前把自己的生活完全曝光在公众视野下，但后来他突然改变，这在名人历史上实属罕见。之前几乎无法区分狄更斯的个人生活和他的隐私，他的生活方式是典型的费昔威式的不拘小节、大大咧咧。但自从认识了特南小姐，随后又和妻子凯瑟琳离婚，他完全关闭了私人生活的大门，这一举动给现代传记作家留下了无法弥补的遗憾。

这个故事有其悲情和俗套的一面，或许对于现代的读者来说这不是什么新鲜事：一个名人在和他忠贞的妻子养育几个孩子后发现妻子变得莫名其妙地呆头呆脑、索然无味，后来和年龄仅有自己一半的漂亮女演员私奔了（相遇时，爱伦·特南刚满 18 岁，他已经 45 岁）。我们可以从狄更斯的角度以及从他的年龄来推测，他似乎再次神奇地找到了当年热恋的感觉，第一次是年轻时被玛丽亚·比德内尔以更好的前途为由拒绝了。

之前，他就此话题写信给福斯特，1855 年他哀叹道，那种激情是他生活中缺少的"一种快乐"。但造化弄人，很快发生了"狄更斯式的命运转折"，这封信写完几周后，他收到早年比德内尔小姐的来信，她想让狄更斯知道，多年来她一直关注他的事业，并为他取得的成绩由衷感到自豪。

她还告诉狄更斯自己早已为人妻，并且"牙掉了，身体臃肿，又老又丑"。这些预防针在狄更斯眼里就是一个卖弄风情的女子的敷衍之辞，他坚持要见面，最终比德内尔小姐，即现在的温特太太，答应带丈夫（锯木厂的经理）一道参加午宴，狄更斯也要带上妻子。

那次会面证明，温特太太如同一位维多利亚时代的作家，对自己的描写非常准确。聚会结束后，狄更斯茫然失措，他做了二十多年的美梦破碎了。一位王子拖着公主一百英寸的长发，却发现回头对他微笑的是个丑老太婆，没有什么比这更让人心灰意冷。

比德内尔小姐难以用语言形容的美好形象从此消失了，可尽管如此，狄更斯并未能释怀他当年犯下的严重错误。1857 年 9 月，狄更斯写信给福斯特："可怜的凯瑟琳和我并不般配，我们之间已无法挽回……她和你对她的了解分毫不差，人好、顺承；可作为夫妻很奇怪我们不是一路人。"之后不久，狄更斯把他的床搬进了更衣室，然后雇了个木匠做了一排架子挡住了通往凯瑟琳闺房的门。

狄更斯和爱伦·特南是否情人关系至今尚无定论，好奇心强的人会永远等着揭开这个谜底，但是也的确有一些有分量的证据，比如珠宝的收据和他送给她的一些礼物，偶尔在公众场合见到两个人在一起，以及狄更斯在遗嘱中留给了特南1 000镑。狄更斯遇到特南一年后，狄更斯确实离开了凯瑟琳，他给前妻留了一间房子、每年600镑的扶养费以及随时见自己孩子的权利。

狄更斯在经历了离婚、同布拉德伯里和埃文斯断绝合作、将杂志改头换面为《一年到头》之后，他和老搭档、出版商查普曼和霍尔又开始了合作（可能是因为爱德华·查普曼的控股权已被他的外甥弗雷德里克买断，查普曼是狄更斯最早的合作伙伴，曾盘算每个月克扣狄更斯50镑薪酬）。他的第一项新事业始于1859年4月，在《一年到头》杂志上按周连载小说《双城记》，再于12月由查普曼和霍尔以图书的形式出版。这是一部主题相当严肃的长篇小说，以法国大革命为背景，有多期的周销售量超过了10万册，但是评论界对于狄更斯作为一位历史小说家的得失褒贬不一，无论是当年还是现代，评论界都有两派不同的观点。这部小说是狄更斯最受欢迎的小说之一，尽管人们猜想这归功于这部小说语言简练和被选作学校课本。即便这部小说没有其他过人之处，但它脍炙人口的开篇语——"这是最好的时代，这是最坏的时代"——足以和布威·利顿的那句"那是个漆黑的暴风雨夜"相提并论，成为广为流传的金句。

狄更斯出版了他的第十三部小说《远大前程》，从1860年12月至1861年8月在《一年到头》杂志上按周连载；小说几乎同时在美国的《哈珀斯周刊》上连载，令狄更斯颇感欣慰的是，这次他谈下来了1 000镑的授权费。小说故事情节复杂，描写了匹普邂逅郝薇香小姐，从出身卑微的顽童晋升为一位成功的商人，该故事或许是狄更斯创作技艺最为完善的一部作品，其叙事跌宕起伏，情节魔幻多变，人物错综复杂，叙述中还添加了社会评论。毋庸置疑，这部作品在当时深受欢迎，每期的销量超过了 10 万册。基于这部作品还诞生了狄更斯迄今为止称得上是最成功的一部电影改编版：1946 年由大卫·利恩导演，约翰·米尔斯、亚历克·吉尼斯和琼·西蒙斯主演。关于这部电影，詹姆斯·艾吉评论道："它绝不失优雅、品位和智慧，有些地方比原著还精彩。"

狄更斯完成的最后一部小说是《我们共同的朋友》，写于 1864 年 5 月和 1865 年 11 月之间。小说的创作过程令狄更斯痛苦不堪，但是他最终把创作素材——一群错综复杂的人勾结在一起争夺巨额财产——融入了情节。这部小说常被认为是狄更斯小说中情节最为精湛的一部。第一期的销量虽然超过了 3 万册，但是连载至最后一期销量跌至不足 2 万册。尽管如此，狄更斯并没有去担心，因为他要操心杂志的工作，还一直和爱伦·特南保持着亲密的关系。

在《我们共同的朋友》出版之前的十年里，狄更斯越来越热衷于在大众面前朗读自己的作品，通过这一活动他又重温了"小颂歌"。1854 年，狄更斯从《艰难时代》的创作中忙里偷闲，答应为工人阶级的教育事业义务出席伯明翰的活动。上台该做什么呢？他突然想到，现在正值圣诞节，为何不读一读《圣诞颂歌》？毕竟他之前在朋友面前演练过多次，如果他能把这群深谙世故的人感动得热泪盈眶，为何不在思想偏狭的伯明翰尝试一下呢？

事实证明这是个脑洞大开的决定。狄更斯在伯明翰连读了三晚，最后一场的观众逾两千人，他们付了 6 便士来听这个故事，以期得到小丁姆的祈福，每个人都不例外。狄更斯对舞台的热爱从未动摇过，他享受在舞台上的每一分钟。1855 年，他在伦敦、雷丁、舍伯恩和布雷福德的慈善活动中朗读《圣诞颂歌》，有三千七百名观众。正如简·斯迈利在她简短的狄更斯传记里写的，演戏、背别人台词的那种令人陶醉的感觉是一种体验，而当你在四千人面前朗读自己的文字，看着他们同时感动得痛哭流涕，这是更高层次的体验。狄更斯发现很多人愿意付大笔钱来听他朗读。

没过多久，狄更斯开始把朗读变成了定期举办的商业活动，这个活动一直持续到他去世，他从中大赚了一笔。1867年至1868年的冬天，他重游美国，大获成功，他在七十六个城市朗读，观众人数超过十万人（其中包括马克·吐温，他曾写到和自己未婚妻的第一次约会就是听狄更斯的朗读），从中获利19 000镑。

虽然狄更斯很喜欢在公众前朗读，这个工作也能让他在出版《我们共同的朋友》后从写作事业中分身，但近年来，他的年纪一年大过一年，身体也因痛风和高血压愈来愈不济。旅途和演出掏空了他的身体，经常一个普通的感冒都使他卧床数日。1869年4月，生了一场重病后，他的医生警告他必须停止朗读活动，这个工作他全身心投入，但同样耗费了他太多的精力。

他停止了对《雾都孤儿》中谋杀场景的戏剧化演绎，也告别了马利把斯克掳奇吓得半死的拿腔拿调，回到了书桌前孤独地写作，尽管颇不情愿。他于1869年最后的几个月里冥思苦想，确定了创作小说《艾德温·德鲁德之谜》，然后不顾医生的强烈反对，于1870年1月至3月中旬偷空做了一系列的朗读。

之后，他又回到了书桌前，直至6月8日——我们不禁猜想他或许更愿意演绎斯克斯谋杀南希的那个场景——他设法完成了他正在创作的新小说的第六期连载。《艾德温·德鲁德之谜》是一部神秘谋杀小说，灵感来自他的朋友威尔基·柯林斯，叙述了约翰·贾斯珀做的一系列疯狂的事，贾斯珀是格洛斯特汉姆大教堂虔诚的唱诗班指挥，有天早晨醒来发现自己不知为何身处一家伦敦的鸦片馆里。

关于 6 月 8 日那天晚上接下来发生的事，人们普遍认可的报道是，晚饭的时候，狄更斯就开始抱怨感觉不对劲。很快，他说话开始含糊不清，然后就变成了胡言乱语，慌乱的管家赶紧扶他躺在了地板上。

很显然，他得了严重的中风，很快就没了意识。医生被召唤过来，爱伦·特南也被叫来了，但一切都无济于事。次日清晨，狄更斯离开了人间，享年 58 岁。

值得一提的是，关于狄更斯生命中的最后时刻还有另一个版本，说狄更斯完成了当天的《艾德温·德鲁德之谜》后，乘车去佩卡姆——爱伦·特南的住所。狄更斯正是在爱伦·特南的家中犯病，也正是特南把他搀扶到地板上，正如十四年前她姐姐在曼彻斯特舞台上演出的那一幕。

这个版本也确实有一些证据，这些证据听上去不可思议，但毫无漏洞：一位特南家的看门人信誓旦旦地说——为了隐瞒狄更斯多年来一直避而不谈的绯闻——他把失去意识的狄更斯从特南家中背了出来，带到了他当时的住所盖德山。另一个使这个版本更加可信的证据是，狄更斯在他倒下去当天的早些时候，将一张大额支票兑了现金，但他去世的时候口袋里几乎是空无分文。狄更斯刚刚去世，他的管家就不得不从他的律师那索取一些必要的开支，所以拿走那笔钱的肯定不是管家。

当然，一切只是猜测，但是狄更斯作为小说家更喜欢哪个版本似乎不言自明。研究历史的学生只需找一个属于自己的版本。

18

"没有人比狄更斯更喜欢古老的童话故事,"他的朋友福斯特写道,"他有一种秘而不宣的喜悦:因为他,这些故事有了更深层次的意义。他意欲通过这些故事教化社会、歌颂高尚美德,这些在他眼里,其魅力毫不逊于鬼魂、妖精和童年时代的童话幻想本身。"

福斯特对狄更斯作品的意图和本质的描述诠释了其作品经久不衰的原因。追随狄更斯的自然主义作家——克莱恩、德莱塞以及之后的吐温——开始对他的满怀希望嗤之以鼻。现实世界中真有一个斯克掳奇会因为四个、哪怕一千个鬼魂——且不论是否真有"鬼魂"——而改变自我吗?这种想法简直是胡言乱语。20世纪末期出现的解构主义批评家认为,从《圣诞颂歌》这则寓言故事中提炼出的任何寓意都和从茶叶中找到的寓意一样,对读者而言不过是一种错觉。

尽管这些言论毫不留情,但狄更斯的作品依然经久不衰。怀疑的确笼罩了现代人的思想,但很少有人是真正的虚无主义者。对于多数人而言,阅读文学作品而不为其所动的地方只有高中或大学的教室。

英国诗人、评论家西奥多·沃茨·邓顿是继狄更斯之后与他同时代的作家,他在一首挽诗中阐述了这位伟大的作家对他的时代产生的深远影响。沃茨·邓顿在诗歌的前言中讲述了一个伦敦东区商品小贩的故事,她刚得知狄更斯去世的消息:"狄更斯死了?"这个年轻的女子哭道,"那么,圣诞老人也会死吗?"

当然,她不必为此担心,狄更斯去世后,圣诞节越来越流行。在下个圣诞节,典型的城镇小学以及成千上万个大大小小的这样的学校都会上演"重新创作"的《圣诞颂歌》,也许下一个好莱坞版以及再下一个好莱坞版也将在不久的将来完成。

数以百万计的普通人继续以不同的形式体验着斯克掳奇身上发生的不可能的转变。有些人会听到这样一个企业家的故事，他听到狄更斯在公众面前朗读自己的作品，当场跑出大厅，为他所有的员工买了只火鸡过圣诞节。一些工人觉得匪夷所思，老板今天竟给我发了只火鸡。

这类故事充分说明狄更斯具有启迪思考和激励别人采取行动的感召力。据说还有一位工厂主听完狄更斯的朗读后宣布圣诞节从此是他们工厂的一个节日。今天，一些缺乏生活情趣、主动要在圣诞节工作的人会获得平时两到三倍的工资。

1874 年，罗伯特·路易斯·史蒂文森用文字表达了对狄更斯及其圣诞书的极大喜爱："读完它们，我感觉非常好，为了使圣诞节更好地造福于人民，我愿意做任何事，在所不辞。"有些评论家对这类图书予以批判，认为它们使读者产生了一些积极却毫无目的的情绪。他们认为，乐善好施的念头固然使人感觉良好，但不会让他们采取任何行动。这样看来，的确需要出版一份研究报告，证明《圣诞颂歌》的体验次数和每年家庭捐赠数量之间的关联。

尽管小说有传奇剧的成分，情节的发展亦缺乏可信度，书中不太可能的善良观念对于生活在蘑菇云和机场安检时代的人们来说有点匪夷所思，但在 12 月 25 日这个特定的日子里，当我们和家人相聚时，无论贫富，无论房子大小，无论礼物贵贱，无论是满桌的美味佳肴再配只特号的火鸡还是力所能及的一桌粗茶淡饭，我们都无法反驳弗雷德外甥对舅舅斯克掳奇说的关于圣诞节本质的一番话："在漫长的一年之中，只有在这时节，男男女女才似乎不约而同地把他们那紧闭的心房敞开……"

狄更斯在德文郡街上写下这番话的房子已不复存在，他给鞋油盒顶端打结的黑鞋油作坊现在也无迹可寻。狄更斯已经离开我们很久。但每一年的圣诞节都会向世人证明，他写下的经久不衰的故事会永远与我们相伴。

消除愚昧，这是狄更斯写《圣诞颂歌》的梦想。消除贫困，这在当时是难以实现的使命，现在仍是。我们无需成为一名社会学家才能找到这个世界苦难的根源。狄更斯的伟大之处在于，我们——现在有成百上千万人——年复一年、满怀期待地重温他乐观的愿景。我们要立志做到最好。

注释

在我之前，有很多作者对狄更斯、圣诞节，尤其是《圣诞颂歌》这些主题很感兴趣，写过一些文章。我写这本书的目的不是为了罗列、分析或记载狄更斯的生平，而是想把一些大家熟悉却很散乱的内容串联成一个故事。围绕这个故事的历史事件也会因此变得饶有趣味。

我在本书中使用的研究方法和我多年来从事学术研究的方法别无二致，但我希望这本书更像是费昔威式的炉边消遣物，而不是严肃的学术著作。出于这层考虑，我在书中未采用常规的脚注做法。

如果书中的内容有明确的出处，我尽量在文中或尾注中予以交代。

此处提供的注释和出处为我当初写作提供了巨大帮助，我真心希望这些内容对有志于循着我在书中提供的线索作深入研究的读者有所裨益。

降临人间

多位评论家报道并分析过狄更斯在沃伦黑鞋油作坊的切身经历，本书对他这一经历的再创作是基于狄更斯本人于 19 世纪 40 年代某个时期撰写的自传素材。狄更斯声称，他当时尚未动笔写《大卫·科波菲尔》，后来他将这一素材分享给了福斯特，四年后狄更斯去世，这些内容首次出版在福斯特的《狄更斯传》中。这是一本内容详实、信息量大的传记。

很多人认为《圣诞颂歌》的读者数量仅次于《圣经》，J. H. 麦克纳尔蒂就持这一观点。《圣诞颂歌》出版近一个世纪之后,他在《我们的颂歌》(《狄更斯研究》34:15—19)一文中把《圣诞颂歌》称为"狄更斯写的唯一一本完美的书",并补充道:"正如麦考利对鲍斯韦尔的评价[1]——前无古人,后无来者。"

1.

狄更斯受邀前往曼彻斯特时的职业生涯背景,取材于福斯特的《狄更斯传》(第 4 卷)中的"马丁·瞿述伟的第一年"。

狄更斯的主要职业生涯轨迹取材于福斯特、彼得·阿克罗伊德的《狄更斯传》,以及豪斯和斯托里编写的珍贵的十二卷本朝圣版《查尔斯·狄更斯书信集》。若要快速查找权威信息,可查阅保罗·施林克编写的百科性质的《牛津读者指南》(1999 年)。

本书引用的狄更斯作品的销售数据,均出自罗伯特·C. 帕滕对这一主题的全面研究——《查尔斯·狄更斯及其出版商》。

更多关于"韦勒比较语"[2]的研究,可查阅乔治·B. 拜伦和沃尔夫冈·米德尔的文章——《萨姆·韦勒的舞台金句》,收录于《谚语3》第一期(1997 年)。

英国出版史概况、18 世纪和 19 世纪小说兴起后的出版大变局以及狄更斯在大变局中的影响力,可参阅约翰·费瑟所著的《英国出版史》(纽约:劳特利奇出版社,1991 年)。

2.

沃特·C. 菲利普斯认为维多利亚时代见证了印刷业的大洗牌和

---

1 这句评论是针对鲍斯韦尔最著名的作品《约翰逊传》。
2 "韦勒比较语"指《匹克威克外传》中人物萨姆·韦勒惯用的、在有名的引语后加入的滑稽语或动作。

流行作家收入的大幅度提升。"狄更斯当仁不让是这场变革的弄潮儿。"他说道。参见《狄更斯、里德和柯林斯：举足轻重的小说家》。

需要了解同时代人对维多利亚时代出版和大众阅读特点的论述，可见查尔斯·奈特的插图版《英国通史》（伦敦：沃恩出版社，1856—1862 年）。奈特的父亲是一位书商和出版商，出版了全面介绍英国流行文化历史的八卷本套书。他声称，这样做旨在将社会历史和对国家政治历史的权威记载结合在一起。

对狄更斯 1842 年访问美国的概况和细节表述得最为贴切的莫过于狄更斯自己的原话——狄更斯出版在《美国杂记》里写给朋友的那些信件。文中引用的《美国杂记》是 1985 年圣马丁出版社的版本。

3.

文中引用的《马丁·瞿述伟》是 1986 年企鹅出版社的版本。

4.

沃特金对狄更斯 1843 年访问曼彻斯特的描述，选自《狄更斯一瞥》一文，该文收录在《狄更斯》（第 34 卷）的第 37 至 39 页。

对狄更斯在曼彻斯特的同事的讨论以及他对曼彻斯特的所有访问可参阅《狄更斯和曼彻斯特》一文，该文收录在《狄更斯》（第 34 卷）的第 111 至 118 页。

5.

欲进一步了解科布登，可参阅尼古拉斯·C. 埃兹尔著的《理查德·科布登：独立的激进主义者》（马萨诸塞州剑桥市：哈佛大学出版社，1987 年）。

索伦蒂诺写的这个有趣的故事名叫《逃跑的月亮》（1971 年）。

最近，这个故事被收录在一本书里，书名也是《逃跑的月亮》（明尼阿波利斯：咖啡屋出版社，2004 年）。

对曼彻斯特的深刻描绘及曼彻斯特对马克思和恩格斯作品的影响可参阅博耶的《〈共产党宣言〉的历史背景》（《经济展望杂志》，1998 年秋：第 151—174 页）。

博耶还在《相遇地域》一书中详述了卡内基的生平（纽约：皇冠出版社，2005 年）。

狄更斯在雅典娜俱乐部演讲的引文出自菲尔丁的《查尔斯·狄更斯的演讲》（牛津，1960 年）。

6.

参观完萨福隆山学校和曼彻斯特不久，狄更斯沉浸于《圣诞颂歌》的创作，他的创作过程从以下作品中推论得知：《书信集》（尤其是第 3 卷）；福斯特的《狄更斯传记》第 4 卷，这一卷的标题是《瞿述伟的失望和圣诞颂歌》。

7.

狄更斯与查普曼和霍尔打交道的主要信息来源都是福斯特。福斯特既是出版社的顾问又是狄更斯的顾问，他同时兼任编辑和经纪人，而在当时的出版行业中尚未出现这两种职业。虽然这一差事如履薄冰，但是通过狄更斯的信件和福斯特的回忆不难发现福斯特把这双重角色处理得游刃有余，没有疏远任何一方。

8.

摩根图书馆出版了狄更斯《圣诞颂歌》手稿的摹本，提供了仅次于手捧原稿的体验。狄更斯完成手稿后，很快将它交给了他的律师米顿，米顿在狄更斯去世不久出售了手稿。1902 年，皮尔庞特·摩根在伦敦买到了这份手稿，把它带回了他的图书馆，保存至今。这份手稿和弥尔顿《失乐园》的手稿、梭罗的杂志以及其他珍贵文物保存在一起。评论家发现狄更斯这份手稿上的字迹与早期作品相比，写得更小，也更仔细，修改更多。这说明狄更斯写这部作品可谓"小心翼翼"。

迈克尔·帕特里克·赫恩的伴读本《评注版圣诞颂歌》写得很全面，提供了很多阅读乐趣，其中之一就是他对狄更斯和插图画家利奇关系的描述，以及利奇的工作对《圣诞颂歌》这本书的影响。赫恩研究《圣诞颂歌》这本小书的数据量和覆盖面令其成为迄今为止最有价值的一部作品。

9.

《偷教堂司事的精灵们》以及对狄更斯其他几部作品的娴熟介绍，选自迈克尔·斯莱特编写的《〈圣诞颂歌〉及其他圣诞作品》。

《圣诞颂歌》的简介出自阿克罗伊德的《圣诞书集》第一卷（伦敦，1991 年）以及摩根图书馆的手稿摹本。

10.

圣诞节历史：读者想要了解任何有关圣诞节的历史记载，都可以从马萨诸塞大学历史学家尼桑博姆的《圣诞节的战斗》一书中找到答案。

美国建立初期清教对节日庆祝的影响可参阅利·埃里克·施米特所著的《美国节日的买卖》（新泽西州普林斯顿市：普林斯顿大学出版社，1995 年）。

塞缪尔·佩皮斯日记的权威版本选自罗伯特·莱瑟姆和威廉·马

修编写的十一卷本套书（伦敦：贝尔和海曼出版社，1970—1983年）。日记的精华部分收录在莱瑟姆的《塞缪尔·佩皮斯的日记：节选本》（纽约：企鹅出版社，2003年）里。

罗德里克·马歇尔再现了圣诞剧的剧本，引自著名演员西蒙·卡洛的《狄更斯的圣诞节》一书。

除了卡洛的生动记载，还有其他一些作品也记载了狄更斯和他的文学前辈们与圣诞节之间的关联，其中有保罗·戴维斯的《埃伯尼泽·斯克掳奇的生活和时代》和大卫·帕克的《圣诞节和狄更斯》。

狄更斯的散文《一棵圣诞树》收录在之前提到的迈克尔·斯莱特的作品集里。

书中关于狄更斯财务困境的描写是从狄更斯的信件和福斯特的评论中推断而出。

11.

这些诗行节选自华兹华斯的诗歌《我心雀跃》，于1807年出版，再版于《诺顿英国文学选集》第2卷（纽约：诺顿出版社，1968年）。

赫恩（《评注版圣诞颂歌》）对《圣诞颂歌》出版之时及之后出版社和杂志社对该书的反应做了全面的总结。

卡莱尔夫人于1844年12月28日写的这封信是写给表妹珍妮·韦尔什的，收录在《汤姆斯和简·韦尔什·卡莱尔书信集》第17卷（北卡罗来纳州杜伦市：杜克大学出版社，1970—1993年）。

12.

与图书封面定价5先令（1.25美元）形成鲜明对比的是，今天第一版的《圣诞颂歌》可以卖到1万美元至4万美元之间，视图书的保存情况而定。

欲了解对版权法历史全面而尖刻的评论，可参阅哈里·希尔曼·沙特朗的文章《版权：创造者、所有者和使用者》，刊登于《艺术管理、法律与社会》杂志第30卷第3期（2000年秋）。

关于狄更斯对李和哈多克提出的这场注定失败的法律诉讼，在E. T. 雅各著的《大英法庭的狄更斯》中有精彩的介绍，详见"大英法庭的律师"这一章。

S. J. 拉斯特曾对这一案件发生的时间线索做过详细注解，这一资料可作为雅各介绍的补充。拉斯特的这篇文章题为《在狄更斯家中：有关〈圣诞颂歌〉盗版的法律文件》，收录在《狄更斯》一书的第41至44页。拉斯特附上了塔尔福德写给米顿的一张便条，记载了塔尔福德对这场即将胜利的官司的担忧："我希望……能有什么方法把我们的朋友［狄更斯］从官司胜利之后的惩罚中，即同这群破产的强盗打官司的费用中，解救出来。"

13.

狄更斯核对查普曼和霍尔寄来的那张财务报表的痛苦描写，推断于帕滕所著的《查尔斯·狄更斯和他的出版商们》。

《书信》以及福斯特的《狄更斯传》是解读狄更斯在出版《圣诞颂歌》之后的心态的主要文献。

14.

有关狄更斯作品各种改编历史的权威论述，可参阅菲利普·博尔顿的《戏剧版狄更斯》。

有关这一历史，还可参阅弗雷德·吉达的《〈圣诞颂歌〉及其改编》。

约翰·欧文对狄更斯的惯用手法的详细介绍，可参见他的文章《小说之王》（收录在《拯救佩吉·斯尼德》一书中，1996年）。

15.

本书所论述的圣诞节对狄更斯的影响及狄更斯对圣诞节的影响，受到以上罗列的许多文献的启发。关于这一主题准确而深刻的讨论，可参见克里斯廷·拉仑比亚的文章《斯克掳奇和艾伯特：19世纪40年代的圣诞节》。

如果没有米歇尔·珀塞尔的《狄更斯的信徒》这篇文章，本书的作者可能一辈子也无法读到犹太裔作家本杰明·法吉恩的作品。法吉恩专门写圣诞节。

16.

有关《圣诞颂歌》对当代文化的影响，最值得一读的研究当属戴维斯的作品——《埃伯尼泽·斯克掳奇的生活和时代》（耶鲁大学出版社，1990年）。

戴维斯在第1卷《圣诞节的书》的介绍文字中指出，阿克罗伊德指出，狄更斯虽然想从这些圣诞节寓言故事中赚钱，但他对这项事业的态度认真而严肃，丝毫没有玩世不恭。事实上，狄更斯因为《教堂钟声》隐含的社会主题遭到一些评论家的责难。这些评论家发现他披着浪漫小说的外衣，本质上是一个革命主义者，钟爱"重罪犯"和"纵火烧草堆的人"。

帕滕（1978年）提供了未销售的《着魔的人》的库存信息。

久而久之，狄更斯创作的圣诞书不仅和这个节日本身没有任何关联，而且也很少和具体的社会问题相关联。这些书开始更加关心人的普遍本性。他在1852年出版的简装版的序言中交代了写这些书的目的不是要"详细地描写细节"（他认为受篇幅限制，无法描写细枝末节），而是要构建"一个神秘莫测的假面娱乐剧，与快乐的节日气氛融为一体，唤醒一些关爱和宽容的想法，在基督教这片土地上永远不会显得格格不入"。

17.

保罗·施利克在其著作《狄更斯和大众娱乐》一书中引用了一位狄更斯的顾问的话。这位顾问估测狄更斯从 1858 年 4 月至 1870 年去世之间的朗读活动中赚了多达 4.5 万美元。福斯特认为在之后的多年里，狄更斯的朗读活动对他知名度的提升不亚于他写的那些书。正如多位评论家所指出的，他如此全身心地投入到朗读表演之中，说这些表演杀死了狄更斯一点也不为过。

狄更斯在朗读之前向观众保证："任何感情的流露和宣泄都没有问题。""欢呼或哭泣都丝毫不会打扰他。"他说道。表演一般是两个小时，每个人都应该"像一群朋友一样围在冬天的火炉边听故事"，施利克说，"这证明狄更斯已经把自己完全当作一个大众艺人"。

简·斯迈利认为大声朗读自己创作的作品无比喜悦，这些论述可参阅她短小精悍的研究《查尔斯·狄更斯》。斯迈利自己就是位颇有建树的作家，她将这一视角带入作品之中，使她的研究非常有价值。关于狄更斯的晚年岁月，她写道："一个作家晚年的怪僻的生活同他晚年写的怪僻的作品一样。他已同社会主流脱节。他的主要目的不再像以前年轻时那样为了寻找出版社和读者而去追求有代表性；他的主要目的是依然保持有趣。"

关于狄更斯晚年生活最引人注目的观点，可能来自克莱尔·汤姆林对爱伦·特南和狄更斯关系的研究《看不见的女人》。汤姆林（1991 年）还提供了狄更斯去世的另一个版本。

18.

这个街头小贩哀悼狄更斯去世的轶闻成了传记作家们钟爱的素材。沃茨·邓顿与丁尼生和斯温伯恩身处同一时代，1898 年，沃茨·邓顿在其诗歌的开篇引用了这一轶闻，在诗歌结尾时安慰伦敦人说："他深爱的这座城市，振作起来吧……狄更斯在圣诞日归来。"《狄更斯在圣诞日归来》这首诗收录在《到来的爱及其他诗集》（伦敦和纽约：莱恩出版社，1898 年）。

罗伯特·路易斯·史蒂文森对狄更斯的圣诞书的评价，来自他在伯恩茅斯写的一封未署日期的信。他当时住在伯恩茅斯，正在创作《杰基尔博士和海德先生》（1886 年）。据《纽约时报》1922 年 2 月 5 日报道："这份 7 页纸的长信在拍卖中被威廉·伦道夫以 1 150 美元的价格购得。在同一场拍卖中还以 210 美元成交了一只曾经属于狄更斯的填充渡鸦玩具。玩具的名字叫'紧抓'。"

在这个世界上的有些地方，即便你动机纯正或做了件善事，也会遭到质疑和批判。西蒙·卡洛传递了这样一则消息：19 世纪末在纽约，救世军为穷人提供了大量食物，有 2.5 万人吃上了圣诞大餐。不出所料，《星期六晚报》认为这样的慈善行为令人讨厌，还把罪怪到了狄更斯头上，报纸编辑们认为："依照许多人的观点，一顿圣诞大餐就把一整年的慈善义务抵消了。"他们认为这种性质的慈善行为应予以禁止，作为反驳，卡洛引用了切斯特顿爵士的一番话："毫无疑问，他［狄更斯］也会认为这种慈善行为有些愚蠢，但是他肯定也会把这种强行取缔慈善活动的行为视作偷盗。"

参考文献

主要文献：

Dickens, Charles. A Christmas Carol: A Facsimile Edition of the Autograph Manuscript in the Pierpont Morgan Library. New Haven: Pierpont Morgan Library/Yale University Press, 1993.

Fielding, K. J. The Speeches of Charles Dickens. Oxford: Claren—don Press, 1960.

House, Madeline, and Graham Storey. The Letters of Charles Dickens, Pilgrim Edition. 12 vols. Oxford: Oxford University Press, 1965 - 2002.

其他版本：

Dickens, Charles. American Notes for General Circulation. New York: St. Martin's Press, 1985.

Dickens, Charles. The Christmas Books, vol. 1, edited by Peter Ackroyd. London: Mandarin, 1991.

Dickens, Charles. A Christmas Carol and Other Christmas Writings, ed—ited by Michael Slater. New York: Penguin, 2002.

Dickens, Charles. Martin Chuzzlewit. New York: Penguin, 1986.

传记：

关于狄更斯的一生，有三部重要的传记作品，分别出自福斯特、阿克罗伊德和斯迈利。福斯特的传记是第一部，他是狄更斯的挚友和终生同事；阿克罗伊德的传记最为全面；斯迈利的传记一针见血。

Ackroyd, Peter. Dickens. New York: HarperCollins, 1990.

Forster, John. The Life of Charles Dickens. 3 vols. London: Chap—man and Hall, 1872 – 74.

Smiley, Jane. Charles Dickens. New York: Viking, 2002.

Tomalin, Claire. The Invisible Woman: The Story of Nelly Ternan and Charles Dickens. New York: Knopf, 1991.

百科全书（A—Z条目中所有关于狄更斯的词条）

Oxford Reader's Companion to Dickens, edited by Paul Schlicke. Oxford: Oxford University Press, 1999.

狄更斯作品的改编版和各种版本

Bolton, Philip H. Dickens Dramatized. Boston: G. K. Hall, 1987.

Feather, John. A History of British Publishing. New York: Rout-ledge, 1991.

Patten, Robert C. Charles Dickens and His Publishers. Oxford: Clarendon Press, 1978.

狄更斯、《圣诞颂歌》、圣诞节

Callow, Simon. Dickens' Christmas: A Victorian Celebration. New York: Abrams, 2003.

Davis, Paul. The Lives and Times of Ebenezer Scrooge. New Haven: Yale University Press, 1990.

Guida, Fred. A Christmas Carol and Its Adaptations. Jefferson, NC: McFarland, 1999.

Hearn, Michael Patrick. The Annotated Christmas Carol. New York: W. W. Norton, 2004.

Nissenbaum, Stephen. The Battle for Christmas. New York: Knopf, 1997.

Parker, David. Christmas and Charles Dickens. New York: AMS, 2005.

其他重要文献:

Baker, William, and Kenneth Womack, eds. A Companion to the Victorian Novel. Westport, CT: Greenwood Press, 2002.

The Dickensian. Journal of the Dickens Fellowship. 1902-present.

Fielding, K. J. Charles Dickens: A Critical Introduction. London: Longmans, Green, 1958.

Glavin, John. After Dickens: Reading, Adaptation, and Per—formance. Cambridge, England: Cambridge University Press, 1999.

Hutton, Ronald. Stations of the Sun: A History of the Ritual Year in Britain. Oxford: Oxford University Press, 1996.

Irving, John. "The King of the Novel," in Trying to Save Peggy Sneed. New York: Little Brown/Arcade, 1996.

Jaques, E. T. Charles Dickens in Chancery. London: Longmans, Green, 1914.

Knight, Charles. The Popular History of England, vol. 8: From the Peace with the United States, 1815, to the Final Extinction of the Corn-Laws, 1849. London: Warne, 1890.

Lalumia, Christine. "Scrooge and Albert: Christmas in the 1840s." History Today, December 2001: 23 et seq.

Persell, Michelle. "Dickensian Disciple: Anglo-Jewish Identity in the Christmas Tales of Benjamin Farjeon." Philological Quar —terly 73. 4 (1994): 451 et seq.

Phillips, Walter C. Dickens, Reade and Collins: Sensation Novel—ists. New York: Columbia University Press, 1919.

Rogers, Byron. "The Man Who Invented Christmas. " Sunday Telegraph (London), December 18, 1988: 16.

Schlicke, Paul. Dickens and Popular Entertainment. London: Unwin Hyman, 1988.

致谢

　　我要向在成书过程中给予我帮助的人表示由衷的感谢。当我找不到所需资料的时候，佛罗里达国际大学的教育参考图书馆馆长阿迪斯·比斯汀总能帮我找到，并且效率极高；詹姆斯·W. 霍尔是一位极富耐心的朋友，是我文学道路的指路人，给予了我很多鼓励，他像往常一样帮助我勇往直前；感谢皇冠出版社雷切尔·克雷曼编辑大力支持该书的出版，同样感谢皇冠出版社露辛达·巴特利对书稿的关心，她提出了很多有用的建议，感谢英克韦尔文学出版管理机构的金·威瑟斯庞，他帮我整理想法，制订计划。最后，一如既往，我要感谢我的妻子金伯利的支持和理解——最近我都是饭做好叫了，才去吃。

图书在版编目(CIP)数据

发明圣诞节的人/(美)莱斯·斯坦迪福德
(Les Standiford)著;张传根译.—上海:上海译文
出版社,2019. 11
书名原文:THE MAN WHO INVENTED CHRISTMAS
ISBN 978 - 7 - 5327 - 8246 - 8

Ⅰ.①发… Ⅱ.①莱…②张… Ⅲ.①长篇小说—美
国一现代 Ⅳ.①I712. 45

中国版本图书馆 CIP 数据核字(2020)第 042089 号

Les Standiford
THE MAN WHO INVENTED CHRISTMAS
Copyright @ 2008,Les Standiford
This edition arranged with Ink Well Management,LLC.
through Andrew Nurnberg Associates International Limited
Simplified Chinese Edition Copyright 2018
SHANGHAI TRANSLATION PUBLISHING HOUSE(STPH)

图字:09 - 2018 - 902 号

发明圣诞节的人

[美]莱斯·斯坦迪福德 著 张传根 译
责任编辑/吴洁静 装帧设计/徐小英

上海译文出版社有限公司出版、发行
网址:www. yiwen. com. cn
200001 上海福建中路 193 号
上海市崇明县裕安印刷厂印刷

开本 890×1240 1/32 印张 5.5 插页 2 字数 99,000
2020 年 4 月第 1 版 2020 年 4 月第 1 次印刷
印数:0,001—5,000 册

ISBN 978 - 7 - 5327 - 8246 - 8/I·5060
定价:48.00 元